昌耀诗歌图典

十

青海省文学艺术界联合会
青 海 省 作 家 协 会

选编

青海人民出版社

图书在版编目（CIP）数据

高车：昌耀诗歌图典/青海省文学艺术界联合会，
青海省作家协会选编 . -- 西宁：青海人民出版社，
2020.3
ISBN 978-7-225-05959-4

Ⅰ. ①高… Ⅱ. ①青… ②青… Ⅲ. ①诗集—中国—
当代 Ⅳ. ① I227

中国版本图书馆 CIP 数据核字（2020）第 026655 号

策　　划　王绍玉
责任编辑　王　伟
装帧设计　杨敬华

高车

——昌耀诗歌图典

青海省文学艺术界联合会

青　海　省　作　家　协　会 　　选编

出　版　人　樊原成
出版发行　青海人民出版社有限责任公司
　　　　　西宁市五四西路 71 号　邮政编码：810023　电话：（0971）6143426（总编室）
发行热线　（0971）6143516 / 6137730
网　　址　http://www.qhrmcbs.com
印　　刷　陕西龙山海天艺术印务有限公司
经　　销　新华书店
开　　本　890 mm × 1240 mm 1/32
印　　张　8.75
字　　数　200 千
版　　次　2020 年 7 月第 1 版　2020 年 7 月第 1 次印刷
书　　号　ISBN 978-7-225-05959-4
定　　价　58.00 元

昌耀

他们说我是巨人般躺倒的河床

他们说我是巨人般屹立的河床

辗轲者点燃膏火照亮的博大诗境

马　钧

一

　　昌耀先生生前出版过6本诗集，以最后面世的《昌耀诗文总集》收录的作品最夥、时间跨度最大。因其辞典般的厚度和碛石般的重量感，它只宜于置放在书桌、几案上翻阅，而不适合随身带在背包、捧在手里阅读。中国古代线装书的妙用与体贴，在于它的凑手和轻便，可以摊平来读，也可以在庭除行吟而读，指甲盖大的武英殿仿宋字体和文津阁手抄本书体，更是予人雅饬、亲切、不伤眼神的好感和爽适。如今，世人一面蜘蛛似的盘丝于网络世界，一面又热衷于户外活动和离家远游。精明殷勤的出版社，早已为读者量身推送着一册册精美轻便的书籍。我记起20世纪50年代末人民文学出版社出版过一套巴掌大的"文学小丛书"（灵感或许源自1935年英国出版商的创意——"企鹅丛书"），所选的古今中外佳作，字数不多，篇幅不大，随身可带，随时可读。眼下，青海人民出版社出版的这本昌耀诗歌选，选编者谨守昌耀生前审定的作品篇目，留下体量庞大的诗作锚泊于原先的港湾，而解缆轻快的"舟楫"在新的水域犁出雪白浪花。

诗集在视觉美感上，素来美在苗条和素雅，弄到极致，宛如美的一粒缓释胶囊。带着这么一册薄书上飞机、坐火车、乘轮渡，想想，就有一种松泛感先行袭来。

此前，除昌耀选编的版本，由他人选编的首个选本，当属2002年由山东美术出版社出版的《乃正书昌耀诗》。朱乃正先生以1998年人民文学出版社出版的《昌耀的诗》为蓝本，选录34首作品。其友钟涵先生在序言里说："选录在这里的只是昌耀诗中很少的一部分，由于书法的限制，又以短章为主。但是书家与诗人之间在精神与文化上的相互了解及默契，使选诗不但没有遗落诗人主要的光彩，而且用视觉、语言而把它更发挥出来了。"心同此理，在昌耀先生逝世20周年之际，编辑家从《昌耀诗文总集》里选录一些短制来满足读者新的阅读需要，实在是一件顺时、体贴之举。况且，出版社不想仅是"热热剩饭"，而是煞费苦心、郑重其事地搜罗到有关昌耀先生的照片、手迹、信札、名片、工作证、获奖证书，甚至昌耀给家中孩子的画上落下的题记等文献资料。它们陡然间提升了这个新选本的附加值和含金量。这些资料因为罕见或者首次披露而愈发显出珍贵。作为读者，尽管我们对一些作家创作精品佳作时的"本事"毫不知情，但是，仍然能够有所知会和赏析（如同不懂典故也能读懂原诗，但你读不出烟涵在典故里的秘义），如果我们合法地掌握有作家的某些鲜为人知的往来书信、创作背景、一些珍贵的留影、手迹（尤其是那些被作者涂来改去的草稿，比之誊抄一新的稿本更能透露作者的心迹和文思），那么我们就会有一些新的感觉、新的发现。比如新年伊始，普林斯顿大学图书馆公开了著名诗人 T.S. 艾略特与其知己艾米莉·黑尔之间的千余封信件。研究者们陡然间有一种变身为文学领域的福尔摩斯的职业兴奋，他们不仅探知到艾略特一些杰出诗句的灵感就源自黑尔，还进一步清晰化着《荒原》中"风信子女孩"黑尔的形象。再比如苏珊·桑塔格评论本雅明的名篇《在土星的标志下》，开笔就是从本雅明的四张肖像照开始她的精彩论述。这是我们的传统文论里罕见的一种思考路径。这类超越单纯的语言文本的阐释路径，其生气和生机就在于把任何一个文本视作开放的文本，把任何一册文字的结集视作意识的依旧潺湲流动、依旧接纳网状支流补给的河流，而不是圈成一湖连清风都吹不起半点漪沧的死水。以往人们看到的书籍，要么是满纸密植文字，要么配上一些考究的木刻版画，传统图书带给人们的享受也就到此让人叹为观止。而这本文图浑成的书，不论站在什么角度，绝对是一本能让读者的阅读感觉"弧面转接"的图书。它的图片来自现代世界的摄影术——一种能够通过光影蝉蜕出事物原真貌的复制技术。它比文字和画像更能恒定、准确地记录下已逝事物瞬间凝固的诸多原真信息。昌耀生前仅在两本诗集的扉页留下肖像照。现在，这本书里收录的昌耀先生的这些留影、手迹，不单可资读者睹物思人重拾昔日时光，其间弥散隐动的氤氲，还可视作一种富含启示和潜对话张力的潜文本，成为开放式循环阐释的酵母，成为阅读前后助益理解的一种心理暗示。我将此视为本书的第一个创意，这也是编辑发出的邀请，邀请有心的读者，扪摸、会意诗人心迹，诱导读者寻索相片、手迹与诗人诗作之间隐然映发的蛛丝马迹。本书的第二个创意，则是网络时代赋予图书的一项崭新功能：借助微信扫码，将声音文本存储在二维码中，凭借配乐朗诵艺术，对昌耀诗歌进行声音塑造，传输给读者聆听。如此，语言、视觉、声音三种介质相互编织相互映射，混化为秉具多维度感觉的柔性织体，是一个超级文本。此种境况乃是现代人所心仪的多重阅读体验，更是昌耀诗学极度崇尚的审美状态。

如此，这本被标识为"昌耀诗歌图典"的选本，得以重回"图书"老树萌发新枝的语境。移用钱锺书《谈艺录》引言里的一句旧话："僧肇《物不迁论》记梵志白首归乡，语其邻曰："'吾犹昔人、非昔人也。'兹则犹昔书、非昔书也，倘复非昔书、犹昔书乎！"值此机缘，这本书原有的书香不能不飘进新的馨香，其效用如同万花筒——圆筒里的那些花玻璃碎片还是已有的那些花玻璃碎片，可是随着转动，经由三棱镜反射出来的图案却是随转随变，花样不断翻新。

二

忽然之间，我会意到"辙轲"二字之于诗人昌耀命运的玄秘联系。

这两个带着车字旁的汉字，比之于人们习见惯用的"坎坷"一词，它更与昌耀如影随形，甚且与诗人一生的遭际焊在一起，有如隐入皮肉而终生不得挑出的锐刺，时时传感牵连全身的疼感信息。昌耀21岁时曾因写下《林中试笛》而罹祸，其中一首诗题便是《车轮》。从此草蛇灰线似的埋下其一生遭际塞顿颠簸、艰辛危苦的辙迹。眼下这本诗歌选集又以《高车》命名，又在冥冥之中发酵着玄妙。熟悉昌耀诗歌的读者只要稍加留心，就会发现昌耀不同时期的诗作里，频繁地出现跟"车轮"相关的诗句和意象。我这里只捎带提及两处重要的关联。《车轮》里写道："在林中沼泽里有一只残缺的车轮／暖洋洋地映着半圈浑浊的阴影……"（"残缺的车轮"可不正是"辁轲"一词富于包孕的意象呈示！）昌耀晚年，在我命名的属于"迟暮风格"（替换萨义德的批评术语"晚期风格"，使之榫卯于中国文评的话语框架）的一系列作品里，有一篇1996年写下的《时间客店》中如此写道："刚坐定，一位妇女径直向我走过来，环顾一下四周，俯身轻轻问道：'时间开始了吗？'与我对视的两眼贼亮。我好像本能地理解了她的身份及这种问话的诗意。我说：待我看看。于是检视已被我摊放在膝头的'时间'，这才发现，由于**一路辗转颠簸磨损**，它已被揉皱且相当凌乱，其中的一处破缺只剩几股绳子连属。"时隔四十年，当年"残缺的车轮"转为"破缺"的"时间轮盘"！引语中的黑体字部分，细细玩索，语义里仍旧留有"车轮""轮转"的视觉剩余。《大智度论》里，直接就以"车轮"作比，兼及"轮转"之用："世界如车轮，时变如轮转，人亦如车轮，或上而或下。"一忽儿是轮转带来的加冕，一忽儿又是轮转带来的脱冕，昌耀的命运之轮与佛学所言若合符节。

　　写下《高车》《车轮》四十多年之后，昌耀在《故人冰冰》里，忆及他作为"劳教犯"在西宁南滩监狱"最后一次驾在辕轭与拉作帮套的三四同类拽着沉重的木轮大车跋涉在那片滩洼起伏之途的情景"。"辕轭"之含蕴,之水印般再次显影的"车轮",正是如此这般在昌耀身上投下挥之不去的心理阴影,又在他的笔下转化为"淘的流年"难以磨蚀的审美投射。

在这里,我想简捷地引入与"车轮"相关的大道别径。昌耀生前在写给骆一禾的信中对其在长篇论稿中揭示的有关"太阳"的"一系列光感形象"表现出歆羡式的惊奇。因为车轮上的辐条酷似岩画或儿童画上太阳发出的道道光芒,为此车轮在东西方都作为太阳和宇宙动力的象征。杰克·特里锡德在《象征之旅》里说:"与车轮相关的神灵一般都是太阳神或是其他全知全能之神——古亚述人的主神阿舒尔,巴比伦神话中的太阳神沙玛什,近东地区的贝尔,希腊神话中的宙斯、阿波罗、狄俄尼索斯以及印度教中的毗瑟挐·舒亚。"添上《楚辞·离骚》中"吾令羲和弭节兮,望崦嵫而勿迫"的书写以及注释家"日乘车驾以六龙,羲和御之"的神话意象,人类间基本相近的心理结构皎然可识。而车轮和日轮,就这样在昌耀诗歌的字里行间淡出淡入。

三

现在看来,昌耀踏上高原,绝对是有备而来。

一个之前对青海毫无感性认知的湖湘之子，在他来到青海的短短几年里，就好像未饮先醉，美美吸食了几口青海的精髓，独自以诗歌的方式破解着一个个青海的密码。那些不久之后从民族、地域、方言、风情里熟化出来的一行行诗句、一串串响字，即便是高大陆世居者中的俊才，也不得不啧啧称叹昌耀探囊取物般的文学才情。仿佛他事先踩点，铭刻下有关青海山河人文的重要穴位，只待假以时日，将自己修炼成日后诗歌的"葵花点穴手"。

1959年，才来青海不到3年的昌耀，便写下了《哈拉库图人与钢铁》。如此短暂的时光，诗人仿佛几天前才落下的种子很快就把自己的根须扎入青海大地，突然破土而出，抽枝展叶，迅速生长。每读一遍这首诗，恍如置身于哈拉库图村人在20世纪大炼钢铁的历史情境里。不说那扑面而来的民风、熟谙的乡间规程、地道的民间叙事，单说这首诗上篇第三节里两行复沓重叠的民歌式句段——

跳呀，我们跳锅庄，九里松，1、2、3……
跳呀，我们跳锅庄，九里松，1、2、3……

诗句里出现的"锅庄"，是藏族民间一种由众人手牵手起舞的圆圈舞。关于诗句里的"九里松"，如果不是生活在青藏文化圈里的读者，读到这里一定会丈二和尚摸不着头脑。绝大多数读者一定会把它望文生义地理解成"九里长的松林"。须知这里的"九里松"不是汉语，而是藏语，是藏族人对数字1、2、3的一个发音，其译音通常会记作"久""尼""松"。昌耀仅有的这个"藏翻汉"，明显带有文学化、雅化、汉化的倾向。后来随着昌耀对青海大地日益深化、广化的了解，只要在涉及地名、人名或专属名词时，他一直恪守"名从主人"的原则。比如"扎麻什克人""丹噶尔""土伯特""老阿娅""多罗姆女神""古本尖桥""卡日曲""阿力克雪原""哥塞达日孜"……最为典型的是《玛哈嘎拉的面具》，诗题里的"玛哈嘎拉"一词，昌耀既没有选择使用汉译里通行的"大黑天"，也没有选择生僻的藏语译音"贡保"，而是选用了古奥的梵语译音——一个更为久远的源语（翻译理论里叫作"出发语"）——玛哈嘎拉。在诗中擅长使用人名地名，是昌耀诗学给中国诗坛的一项重要馈赠。钱锺书在《谈艺录》里专门讨论过这一中外诗歌创作中的神秘经验。其在修辞学层面上的审美功能，如同西方文评家李特之言："此数语无深意而有妙趣，以其善用前代人名、外国地名，使读者悠然生怀古之幽情、思远之逸致也"；如同中国古典诗论里妙契于心的体悟："诗句连地理者，气象多高壮"；如同史蒂芬生在《游美杂记》里论美国地名时的感慨："凡不知人名地名声音之谐美者，不足以言文。"昌耀作为诗艺的全方位勘探者，把这一神秘经验无师自通地化作了自己的诗歌地标。1961—1962年，来到青海只有六七年的年轻的昌耀，在《凶年逸稿》里就借用抒情人物的口吻，笃定而深挚地宣告："我是这土地的儿子／我懂得每一方言的情感细节。"验之以昌耀后来众多的咏青诗作，此言绝非虚言大话，实则是夫子自道。

如果说对地名、人名、方言的诗学修为只是昌耀在诗歌艺术上的小试身手，那他更超绝的功夫在于，遥承唐代诗人炼字、炼句的传统，而在炼意、炼境上独步当代，超绝群伦，运斤如风。下面聊举三例——

　　《去格尔木之路》："**没有遮阴的土地**。／是躺咸的察尔汗的土地。"青海由于高寒缺氧和特殊的地质构成，在一些高海拔地区往往寸草不生，在人们目力所及的范围里往往见不到一棵绿树和高大乔木投下的阴翳。对于常人所能表达的经验，昌耀采取了"众辙同遵者摒落，群心不际者探拟"的写作策略，夐然独造，自辟新境。一句"没有遮阴的土地"，便把当年柴达木盆地没有乔木生长的环境以宛曲新颖的方式一语道出，使后来的书写者很难再有附加其上的高质量文学表达。

　　《山旅》："高山的雪豹长嚎着／在深谷里出动了。／冷雾中飘忽着它**磷质的灯**。／那灵巧的身子有如软缎，／只轻轻**一抖**，便**跃抵**河中漂浮的冰排，／而后**攀上**对岸铜绿斑驳的绝壁。"这可能是新诗里第一次书写雪豹的形象。昌耀写雪豹的声音，写它栖息之处的幽僻，最妙之处是写豹子的目光和它动作的轻盈敏捷。冷雾既是气象的交代，更是幽悄氛围的营造。"磷质的灯"完全是昌耀自创的新语。从前所谓的灯，是焚烧油膏以取光明，这里拿"磷质"来作为限定词，一方面是精准地摹写了豹子的目光如同黑暗中白磷可以自行发亮的物性。另一方面，磷光在暗夜里幽暗的光亮，又赋予豹子一层神秘感，强化其目光的幽悄冷逸。这样的选词，还透露着昌耀对地质类名物的特殊嗜好，以及沉淀于他经历里的物事和识见。1961 年，昌耀在《荒甸》的结尾就蹦出过这个"磷"

字："而我的诗稿要像一张张光谱扫描出——／这夜夕的色彩，这篝火，这荒甸的／情窦初开的磷光……"联想到昌耀当年流放于祁连山，他一定在那个富含矿藏的宝山，见识过诸如方解石、萤石、石英、重晶石等磷化物发光的现象。诸如此类的词语就是这样被诗人捂热，带入他的体温和汗息。艾略特说："诗人的心灵事实上是一个捕捉和贮藏无数感受、词句、意象的容器，这些感受、词句、意象一直搁在那里，直到所有分子都汇齐，于是结合起来构成一个新的复合体。"昌耀不是在字典里搬运字词，他是在他的身体里像蚌壳一样化育珍珠般的词语。"软缎"的喻象用得更是精彩至极。作为大型猫科动物的雪豹，其身体本不轻盈，它的轻盈来自它在运动中对自身肉体重力的巧妙控制、转化与消解（犹如杜甫笔下化重为轻的描写："身轻一鸟过"或"微风燕子斜"）。"软缎"的比喻之后连用的"抖""跃""攀"三个动词，义脉流转，将运动中的重力和轻盈一气贯通到恰如其分的地步。

《莽原》："远处，蜃气飘摇的地表，／崛起了渴望**啸吟的笋尖**，／——是羚羊沉默的弯角。"超乎常人的精敏细微的观察，是昌耀作为诗人的又一过人之处。描写高原生灵的诗作和诗人不在少数，但没有一人从大气光学现象的角度，去写藏羚羊出没的环境。"蜃气"，通常发生在海上或沙漠。在青藏高原的戈壁、沙漠地带，由于昼间地面热，下层空气薄于上层空气，光线经过不同密度的空气层后发生折射，高出地面的空气里便会出现透明光波的颤动，这就是"蜃气"的一种表征。把羚羊的尖角比喻为植物里的"笋尖"已属出人意表的联想，诗人还要在此基础上给喻体配上意态化的音效——"啸吟"。昌耀在这里使用了一种语义结构波折多转的曲喻修辞术。冒出土层的竹笋嫩尖与尖状的羚羊角相似，此外再无所似。可是昌耀用他的奇情幻想引申到人们用竹子做成用以吹奏的竹笛，于是笋尖便可"啸吟"作声。这一修辞术古已有之，钱锺书是它的发现者和命名者。《谈艺录》首次披露唐代诗人李贺精于此道。它的修辞原理就是"以一端相似，推而及之于初不相似之他端"。"如《天上谣》云：'银浦流云学水声。'云可比水，皆流动故，此外无似处；而一入长吉笔下，则云如水流，亦如水之流而有声矣。《秦王饮酒》云：'羲和敲日玻璃声。'日比瑠璃，皆光明故；而来长吉笔端，则日似玻璃光，亦必具玻璃声矣。……古人病长吉好奇无理，不可解会，是盖知有木义而未识有锯义耳。"即便今人，解悟曲喻的作家学者也不在多数。在《圣咏》里，昌耀再次使用曲喻法缔造诗意："楼顶邻室的缝纫机头对准我脑颅重新开始作业，/感觉春日连片的天色随着键盘打印出成排洞孔。"缝纫机可以把成块成片的布片缝纫起来，连成片状的天色自然也可以如布料似的缝纫在一起。如此奇异美幻、急转脑筋的联想，非昌耀者难以拟想。而且，其意境由居室日常的户内空间，切换、扩展至户外广阔的天空，我们能不叹服其造境的朴素、遥深与宏廓？！

　　毫无疑问，这类只有具备语言自觉方能获取的巧思奇想，是昌耀诗学活化潜力永在的重要元素。我在这里顺便再呈示一些昌耀诗歌里的修辞术。

　　——分喻：肯定相似的一端，同时否定另一端，最后转回到比喻的本体《莽原》："远处，蜃气飘摇的地表，/ 崛起了渴望啸吟的笋尖，/ —— 是羚羊沉默的弯角。"这里的分喻隐去了否定的一端——不是笋尖，直接以肯定来隐示那否定的一端，这是逻辑上的一个原理：肯定命题预先假设着否定命题，否定命题又预先假设着肯定命题。《头像》："树干上 / **一只啄木鸟。——不是鸟。**是伐木者随意剁在树干的一握 Boli 斧。"仔细体味，我们能够直接感受到诗人文思跳转的过程："一只啄木鸟"显然是诗人的第一感觉，后面的表述是对具有迅捷性、直接性、本能意识等特征的第一感觉的修正。"Boli"疑似外文，查阅英语词典，找不到这个单词的踪影，只有与之相近的"Bole"，意思是树身，树干。是误植还是拼音？一时难以解会。我倒乐意将此种情形视作昌耀以文为戏的"戏笔"，正如昌耀在给 SY 的一封信里落款为"W 耶夫"。W 是昌耀姓氏的字母代称，耶夫则取自陀思妥耶夫斯基小说《白夜》里的人物名称。昌耀留给世人的印象偏多于冷峻肃穆，实际上他还有着不被常人察觉的天真、憨气和被苦涩包裹着的幽默感。多数诗人只具有单向的禀性气质，而昌耀则具有复杂综合的秉性气质，叶嘉莹评论杜甫时称谓这种禀赋为"健全之才性"。

——拆散法：将词语或词组惯常的搭配、习惯的组合拆散，从而产生新的意义，揭示因为词语或词组长期的捆绑、因循固化而遮蔽的真相。《一天》："有人碰杯，痛感导师把**资本**判归西方，/ 唯将'**论**'的部分留在东土"。"资本论"原先的词组表示的是马克思研究资本主义社会的一部经典著作，而拆散后释放出的崭新语义，则是对资本只专属于资本主义制度这一偏狭观念和死守理论的本本主义者、务虚之流的尖锐讽刺和深刻质疑;《一个中国诗人在俄罗斯》:"看哪,滴着肮脏的血,'**资本**'重又意识到了作为'**主义**'的荣幸,而展开傲慢本性。"这是对"资本主义"这一形同焊接在一起的词组进行了断然的分割。拆散前,"资本主义"是个固定词组,表示资本主义国家所实行的一种经济学、政治学、社会学的制度。拆散后,早已硬化的语义获得了空前的活力释放,恢复了生动、感性的社会面孔。"资本"一词还原为在经济学意义上所指的用于生产或经营以求牟利的生产资料和货币,"主义"的概念一方面表示主导事物的意义,另一方面表示某种观点、理论和主张。昌耀这一语言修辞的经典性还在于他没有仅仅停留在拆散上,他还通过拟人化的处理,给这个概念注入了活灵活现的意识和情感,使拆散后的"资本""主义"两个干巴巴的词语,彰显出物质时代把金钱重新供奉为圣主后浑身上下散发出的那种耀武扬威、趾高气扬的优越感与傲慢;《和鸣之象》:"不**贿**以供果。/ 不**赂**以色相。"拆散"贿赂"一词,在白话诗中贯穿古汉语句式和联句,犹如木心所言:"古文今文焊接得好,那焊疤极美";《眩惑》:"**黄土挥霍成金**",拆散成语"挥金如土",产生新的意义;《燔祭》:"**夜已失去幕的含蕴,/ 创伤在夜色不会再多一分安全感。**"拆散"夜幕"一词,释放出夜色无从抚慰、掩饰隐秘的崭新样态。

——"冤亲词":也叫悖词,是一种矛盾修辞法,将两个不协调或相互矛盾的词合在一起表达某种意思。《生命的渴意》:"硫磺一样肮脏的**冷焰**";《在雨季:从黄昏到黎明》:"**误点的快车**失去时间桥梁在路旁期待";《意义空白》："……**呐喊阒寂无声空作姿态**";《一天》："一切的**终结都重新成为开头**";《晚云的血》："**文明的施暴**";《冰湖坼裂·圣山·圣火》："他感到一种**快乐得近于痛楚的声音** / 他感到一种**痛楚得近于快乐的声音**";《西乡》："**再生如同土崩**";《眩惑》："我们**降生注定已是古人**。/ **一辈子仅是一天**";《诗章》："**音的雕砌**";《盘庚》："**焦黑的黎明**";《20世纪行将结束·残编 3》："**死亡的刀尖，自由的大门。**"

——倒果为因：昌耀笔下有许多匪夷所思的诗句，这是他有意颠倒了因果关系而使语义陡然化为陌生和新奇，是昌耀式倔聱诗风的一种体现，它一般止步于语句的尖新，而屡弱于哲理性深意的表达《关于云雀》："但我确知在寂寞的云间 / 一直飘有悬垂的金铃子，只被三月的晓风 / 或是夏夜的月光奏鸣";《春天即兴曲》："天边 / 有一人绾发坐在礁石梳理海风";《幽界》："星空补丁百衲。/ 路，因狗吠而呈坑洼";《冷太阳》："卵形太阳被黑眼珠焚烧 / 适从冰河剥离，金斑点点，粘连烟缕";《燔祭》："美丽忧思 /…… / 如一架激光竖琴 / 叩我以手指之修长 / 射如红烛";"灯光释放黑夜"。

——戏拟:《鹜》："君子何曾坦荡荡。/ 小人未许长戚戚。"改写《论语·述而》里的名句："君子坦荡荡，小人长戚戚。"将既成的、传统的东西打碎加以重新组合，揭示新的内涵，新的人性状态。

——套喻。昌耀的比喻法里，还有一种极为特殊的、未被人们识别和命名的比喻，即在比喻中套入两个喻体，以增加语意的密度和精度。因为很像俄罗斯著名的玩具套娃（空心木娃娃一个套一个），我把这种崭新的比喻法命名为"套喻"。《莽原》:"他们结成**箭形**的**航队** / 在劲草之上纵横奔突。"喻体里分别套接和压缩进"箭形"和"航队"两个意象,使语义陡然转向繁复。《幽界》:"列车在山脚启行,龙骨错节 / 发出一阵**链式响尾**";《诗章》:"食人巨蚁**烽火台般**耸布的**魔宫**";《酒杯》:"……一只拇指般大小、冰甲一般脆薄的玻璃酒杯斟满**矿泉水般**明净的**银液汁**";《生命体验》:"移情的花厅 / 歌楼凤冠的亮片海淫海盗呼应山中**晚霞**的**宝石**";《头戴便帽从城市到城市的造访》:"A 国学者 W 侧转他那**列宁式**的**椰果似**的脑颅";《圣咏》:"看不到的穹苍深处有一叶**柳眉弯似细月**。"这些套喻,事实上是昌耀诗歌凝练化表达在句子层面的一个表征,它还关联着诗人在篇章层面整体性的诗行压缩技术。它通过省略、删除、合并等手段,使诗章由句到篇从意义的流离、繁芜、瘠薄趋向意义的妥帖、精粹、丰赡。昌耀还在更高层次上,使用当代诗歌里罕见的时空压缩技术,即他自己发明的"将痛苦的时空压缩"为"失去厚度的'薄片'"(《〈我的死亡〉——〈伤情〉之一》)。

还有一些比喻,昌耀并没有使用特别的技巧,但他在作比的事物之间,要么是远距离发生联系,要么是近距离发生联系,但在结果上都做到了新奇。《听候召唤:赶路》里对作为男人第二性征的胡须有过这般的联想:"你的 / 在火光洗濯下的胡须多美,如溪流圆石边缘随水纹微微摆动的薄薄苔丝绵软而动情。……你柔柔的胡须可爱如婴孩耳际柔柔的胎毛。"这两个比喻,粗看全都来自实际物态的观察,无非一则来自自然界,一则来自人类的幼年。可要是细辨起来,两个联想所形成的比喻却分属于不同的联想类型。把胡须比作溪流圆石边缘的苔丝，属于相似联想。相似联想的原理是在两种不同的事物之间因其一端的相似而展开，胡须与苔丝是绝不同类的事物，但它们在丝状排列的形式上和绵软柔顺的质感上有着极为相似的一面。而把胡须比作婴孩耳际柔柔的胎毛，则属于相类联想。相类联想的原理是在同类事物之间展开，无论是胡须还是胎毛，它们都属于人体上的毛发。通常情形下，同类事物之间形成比喻是违反以"不类为类"的比喻原理的，因故其修辞价值会大为贬值，就如同形容山羊的皮毛像绵羊一样洁白柔亮，就属于极其贫乏的比喻。昌耀这个看上去犯了比喻忌讳的句子，让人玩味之后还是觉得新鲜，那是因为一般人不会把成年人的胡须和婴孩的胎毛联想起来，这不仅仅是它们之间隔着一段很长的光阴，更重要的一点是，人们不大容易关注到婴儿毫不醒目的胎毛，尤其是男性作家，很少会用如此细腻、温柔的母性目光去观察，何况昌耀还把胎毛的范围精确到婴儿的耳际，似乎那里的胎毛比头顶、脑颅后面的胎毛要更柔软一些。

四

王国维先生在《屈子文学之精神》中专门论及南北方文学的优劣等差："南人想象力之伟大丰富,胜于北人远甚。彼等巧于比类,而善于滑稽:故言大则有若北溟之鱼,语小则有若蜗角之国;语久则大椿冥灵,语短则蟪蛄朝菌；至于襄城之野、七圣皆迷；汾水之阳，四子独往：此种想象决不能于北方文学中发见之。……以我中国论，则南方之文化发达较后于北方，则南人之富于想象，亦自然之势也。此南方文学中之诗歌的特质之优于北方文学者也。"这篇文章更大的一个价值和意义在于，静安先生基于对中国文学史的观察做出了一个重要的预言和卓越的判断："而大诗歌之出，必须俟北方人之感情，与南方人之想象合而为一，即必通南北之驿骑而后可。"验之以文学史，能通南北之驿骑的诗人，古代以屈原为代表，当代则以昌耀为代表。

1980 年，昌耀在《南曲》一诗里首次以文学的方式袒露青海之于他诗歌创作的巨大影响："难道不是昆仑的雄风 / 雕琢了南方多彩的霜花，/ 才装饰了少年人憧憬的窗镜？"在此诗的结束部分，昌耀还有一句经典的表述："我是一株化归北土的金橘。"这句话的出处来自《晏子春秋·内篇杂下》："橘生淮南则为橘，生于淮北则为枳，叶徒相似，其实味不同，所以然者何？水土异也。"毫无疑问，昌耀在他的文学理念中是极为自觉和深刻地认同地理环境与某个地域的人文环境对作家性情、风格的塑造和影响。但是，长期以来由于昌耀的诗歌给世人展示出青海和西部雄奇博大的边地风貌或"北人气象"，以至于我们有所忽略昌耀原本作为沅江水哺育的湖湘才俊，在骨血里所秉承的"南人气象"。

无论从何种视角观察，一个脱离并跨越地理区隔和特定文化环境的作家，在他由原乡寄身他乡的生命羁旅当中，他本人必定会携带有关原乡的气息、经验、记忆，以及沉积于心的诸多物象、无意受到的浸淫而融入他乡。基于此，文学的形象、意象、格调、韵致、风骨、情感风貌等等，将会化育出比物种杂交还要丰富多变的精神果实。如同卡尔维诺在《未来千年文学备忘录》中所言："我们可以这样说，在文学想象力视觉部分形成的过程中，融汇了各种因素：对现实世界的直接观察、幻象和梦境的变形、各种水平的文化传播的比喻性世界和对感性经验的抽象化、凝练化与内在化的过程，这对于思想的视觉化和文字的表述都具有头等的重要意义。"携带并且传播湖南或者更其广大的南方文化基因，是我们观照昌耀诗歌文化移植的一个重要经验。

朱季海先生在《初照楼文集·楚辞长语》里解释《河伯》里的"乘水车兮荷盖"一语时，有一节关涉南北词语杂交的训诂："河伯水车，仅见《楚辞》。盖洞庭、云梦、大泽之乡，其民狃习波涛，弄潮如驱车，故发为想象，形诸名言，曼妙如此，诗人有取焉尔。此北方之神，浸淫楚祠，流被歌咏，便宛然南风矣。沈复《浮生六记·浪游记快》：'甲辰之春，余随侍吾父于吴江何明府幕中……一日，天将晚矣，忽动归兴。有办差小快船，双橹两桨，于太湖飞棹疾驰，吴俗呼为出水蒨头。转瞬已至吴门桥，即跨鹤腾空，无此神爽，抵家晚餐未熟也。'甲辰乾隆四十九年，公元一七八四年，时三百二十一岁耳。今吴语犹谓绝尘而驰曰'出蒨头'，然不闻'出水蒨头'。斯言亦以车马为隐喻，虽地有吴楚，时有古今，其为口俏（吴俗谓语隽为'口俏'）一也。"

朱先生说到的湖南地区百姓"狃习波涛，弄潮如驱车"的表述，我们在湘籍当代作家沈从文先生的文字里也屡屡见到船夫、水手等水乡物事的描述。如同"河伯"一词由北方输入南方,"出辔头"一词则是由游牧民族把骑马方式输入南方。昌耀在他的诗篇里,尤其是在他初来乍到青海时,水乡意象和南国风物被他频频植入青海的书写。无独有偶,清代大臣、湖南湘阴人左宗棠带领一万湖湘子弟收复新疆时,把散落在新疆、河西走廊战场上的烈士遗骸暂存于甘肃省兰州市天水路南段的"义园",其外形轮廓就是一条大船。这是这些南国义士们的乡愁所系,是他们家乡情结的自然投射。昌耀也是如此。在他所有的诗集或者诗选本里,置于首位的一首诗就叫《船,或工程脚手架》,**"船房""桅""水手"** 这些在高原罕见的名物,被自然嫁接到青海。在青海黄河上渡河而过的,不是南方的船舶,而是青藏高原独有的"羊皮筏"或"牛皮筏"。《水色朦胧的黄河晨渡》:"**水手**熟识水底的礁石""一眼就认出了河上**摇棹扳舵**的情人";《冰河期》:"在白头的日子我看见岸边的**水手**削制桨叶了";《山旅》:"正是以膀臂组合的连杆推动原始的风叶板,/ 日日夜夜高奏火的颂歌。像是扳桨的**船工**,/把全副身心全托付给船尾的**舵手**";《随笔》(审美):"我却更钟情于那一处乡渡:/ 漫天飞雪、/ 几声**篙橹**、/ 一盏**风灯**……"(可参照杜甫《漫成一绝》:"江月去人只数尺,风灯照夜欲三更。"陈维崧《桂殿秋·淮河夜泊》:"船头水笛吹晴碧,樯尾风灯飐夜红。");《风景湖》:"滑动着的原野。/ 几株年青的**船桅**";《划呀,划呀,父亲们!》里的**船夫**。涉及南方物事的诗篇,在此聊举数例:《秋之声》:"旅次古城,望楼外灯火亮了万顷**珠贝**";《在敦煌名胜地听驼铃寻唐梦》:"——是谁们在那边款款奏着 / 铜锣钹呢? 那么典雅而幽远,/ 像**渔火盈盈**……

//……记起初临沙山时与我偕行的东洋学者 / 曾一再驻足频频流盼于系在路口白杨树下的 / 那两峰身披红袍的骆驼——**美如江边的船**……";《雪。土伯特女人和她的男人及三个孩子之歌》:"说泥墙上仍旧嵌满了我的手掌模印儿,/ 像一排排受难的**贝壳**,/ 浸透了**苔丝**。// 说我的那些**古贝壳**使她如此 / 难过。"、"牛伙里它的后尾总是翘得比谁的都高挺,/ 像一株傲岸的**蒲葵**……";《腾格里沙漠的树》:"银白的月 / 把幻想的**金桂树** / 贴近 / 腾格里沙漠幻想的淡水湖";《激流》:"**海螺**声声 / 是立在屋脊的黄河子民对东方太阳热烈传呼";《猎户》:"油烟腾起,照亮他腕上一具精巧的**象牙手镯**";《荒甸》:"等待着大熊星座像一株张灯结彩的**藤萝**";《良宵》:"这在山岳、涛声和午夜**钟楼**流动的夜";《给我如水的丝竹》:"我渴,给我如水的**丝竹之颤动,盲者**";《柴达木》:"我看见钢铁在苍穹 / 盘作**扶桑树**的虬枝。/ 浓缩的海水从隐身的**鲸头** / 喷起多少根泉突";《幽界》:"山岳的**人面鸟**""一只**凤凰**独步";《高大坂》:"一声声剥啄,是**山魈**之心悸";《灵霄》:"新月傍落。**山魈**的野语";《悬棺与随想》:"昂起的低潮 / 把南国山水间古人**悬棺**唤起的思绪转作喧嚣的骚音"……

以上并不完全的示例,让我们仅从词语或意象层面感受到了"必通南北之驿骑"之后所能呈现出的局部风神意态,语言上的南方气象。事实上,昌耀诗学的境界,绝不止于如此一端。昌耀从来不玩弄文字的积木,他从来都是以他的气血,他胸中郁结的块垒,弹奏他命运的键盘。他给当代诗歌的独特贡献,是在诗歌的整体气息上熔铸南北气韵,将南人擅长的瑰丽想象与"化归北土"后的旷悍深邃糅合在一起。正因为昌耀在诗歌骨相上具有"南人北相"的特征，他诗学的风神格调便出现了兼容并包的博杂性、繁复性，甚至在他的迟暮风格里频频出现复调性抒写。从20世纪80年代中期之后，昌耀就把自己变成了一个诗歌的夸父。他追赶的步幅，随着生命时限所造成的强烈的急促感、焦虑感，还有夹杂其间的颓丧感，让昌耀奔逐着的诗探索，日益和他身后的诗坛、和他所处的时代拉开了距离。尤其是昌耀在迟暮之境开启的玄奥诗旅，为后来的诗人和读者留下了意义和价值寻索的巨大深壑。

五

《昌耀诗文总集》和本书的最末一首诗《一十一支红玫瑰》，尽管在思想性和审美表达上与昌耀诸多的重量级作品无法等量齐观，但因其是诗人在弥留之际写于病榻的绝笔，这首诗作至少体现出两个方面的特殊意义：

一是它的时间形态。它属于巴赫金所说的"危机的时刻""边沿的时间"，是"意识的最后瞬间"。在这个时刻，会表现出异常复杂精微的两重性。比如此诗刻录下昌耀处于毁灭性境遇时的临终心理和临终状态：一会儿迷乱，一会儿清醒；一会儿充满对人世的恋恋不舍，一会儿又流露出弃世而去的斩截；一会儿苦苦挣扎，一会儿又乖顺听从……其情状直通柴可夫斯基的《悲怆交响曲》。昌耀对"意识的最后瞬间",对这种意识深层的"暗物质",对即将跨入死亡门槛的人的精神活动,体现出一种超乎常人的敏感和特殊的洞察力。他先后以片段的形式书写过两次"意识的最后瞬间"。在写下此诗的两年前,昌耀就在《语言》里铭刻下一个临刑的杀人犯被军警押载上死囚的刑车时发出的一句问语:"叔叔,我上哪一部车?"之后,再次书写死刑前"意识的最后瞬间",是在1999年创作的未完成的诗稿《20世纪行将结束》里。这个诗题视野宏大、调门隐含悲怆,好像是要给20世纪的一百年光阴劙刻一帧个性化的速写,也好像有点卡尔维诺写给未来千年文学的意味。不论怎样,这是一首昌耀生前雄心勃勃的作品,意欲刷新他写作记录的作品,我们仅从此诗文末标注的写作时间从1988年开始写作到1999年1月9日整理完毕,其间写作的时间跨度竟长达11年之久!这可是昌耀全部作品里花费时间最长的一部作品。如此漫长的写作,可以想见昌耀艰难运思的过程。我们可以从中揣摩到昌耀启动他的"跨世纪工程"入手得多么早啊!他一生的后半程都在"赶路",不单单是出于"怵他人之先我"的焦虑。就诗人的创作动机来看,这部作品当是他诗歌总谱里虑深怀远的一声"咏叹调",是他站在新旧世纪交替之际,经过变调的又一曲"登幽州台歌"!只可惜残编断简只留下辉煌殿堂的桁架、柱础和窗棂。

在这部有着博大抒情韵腔和调式的"断章"里,昌耀以文摘的形式(一则来自《文摘报》,一则来自《文学报》),分别在《残编2》和《残编6》,两次写到未提姓名但可一眼识别的无产阶级革命家瞿秋白就义前"意识的最后瞬间"。前一个题记侧重于瞿秋白就义前的慷慨陈词,话语带有鲜明的布尔什维克意识:"继而高唱《国际歌》,打破沉寂之空间。酒毕,徐步赴刑场,前后卫士护送,空间极为严肃。经过街衢之口,见一瞎眼乞丐,回首一顾,仍有所感也";后一个题记侧重于瞿秋白书写绝命诗时表现出的诗骚性情:"此时军法处长催他起程赴刑,秋白又挥笔疾书——'方欲提笔录出,而毙命之令已下,甚可念也。'秋白半有句:'眼底烟云过尽时,正我逍遥处。'此非词谶,乃狱中言志耳。"前后相继的两件作品,可以印证他对"意识的最后瞬间"这种人生极致体验的念兹在兹,也是他吟唱出自己的"天鹅之歌"时,再次传递"终古之创痛"时的无尽玄愁和无尽喟叹。

二是这首诗在诗行排列、诗句字数上给人留下过目难忘的对称、均衡的形式美感。综观昌耀一生的诗作,早期的《月亮与少女》,便成就过"诗经体式"(四言句式)的整饬之美。昌耀对这种只有在古典诗词里频频闪烁的、蕴含着汉语文字独特文化根性的形式美感与节奏美感,一直保持着深切的感应和沉醉。《凶年逸稿》《给我如水的丝竹》《水手》《秋之声》《建筑》《河床》《色的爆破》《招魂之舞》《悬棺》《冷色调的有小酒店的风景》《眩惑》《听候召唤:赶路》《盘陀:未闻的故事》《极地民居》《在古原骑车旅行》《一片芳草》《这夜,额头锯痛》《拿撒勒人》《花朵受难》《意义空白》《薄曙:沉重之后的轻松》《意义的求索》……不一而足。这些作品中整饬、均衡、对称的语句对偶虽说都体现在局部,但它们足够传递出昌耀对古典诗歌气韵、节奏、审美语境深度欣赏的强大信息。唯一和《玫瑰》形制极度相仿的是 1994 年写下的《菊》。《玫瑰》以两句为一节,共分为九节;《菊》则是四句为一节,共分为三节。稍加比对,《玫瑰》最长的句子字数超过《菊》。《菊》是诗人正常情况下的写作,而《玫瑰》则是在极端境况下的写作。在忍受病魔的极度创痛中写下如此齐整的诗行,我们不能不为昌耀在诗歌上最后施展的"绝技"而惊叹不已。在平静、从容状态下写出整齐的诗句相对容易,在大限将至的峻急时刻写下如此整齐的诗句,则无异于他 9 年前写过的那位以手掌在土地上划行的关西大汉,每前行一步"像是匍匐波涛将溯流而上的船只艰难推进"。这一定是他在灵魂得到片刻宁静时的倾心灌注,或者说是以他顷刻间获取的"纯粹美之模拟"和审美移情来镇痛和减弱难忍的痛苦。即便是处在如此危重的当口,精敏、勇毅的昌耀为何偏要在此端端写成 9 节?此中当蕴含着诸如极度的尊重、九九归原、强力、长久等数字象征的隐秘信息。其整饬端庄,如他一生追求的"完美",如一尊经过窑变的施釉大鼎。

六

1957 年,昌耀写了一首仅有 8 行的短诗《高车》。1984 年年末,昌耀对这首 27 年前的旧作作了删定,并加了一个题记(他自己称为"序"):"是什么在天地河汉之间鼓动如翼手? ……是高车。是青海的高车。我看重它们。但我之难于忘情它们,更在于它们本是英雄。而英雄是不可被遗忘的。"其中诗人创造了"翼手"这么一个陌生的词语。在汉语语汇的构成里，以手作为后缀组成的词语，比如"舵手""水手""旗手""歌手""棋手"等，都是指所从事的职业或者动作。那么"翼手"又是什么意思呢？除了"翅膀"这个"翼"字的常见义项，还有旧时军队编制分左、中、右三军，左、右两军叫作左、右翼。还有一个偏僻的义项，是"十翼泛清波"里当"舟"用的这个意思。这几个意思，都没法与此诗的语境吻合。参照诗人其他的诗篇，我发现昌耀喜欢拿车轮这个带着运动感、速度感的词语，和"翼"字搭配在一起，比如《木轮车队行进着》："——这车队／一扇扇高耸的**车翼**好像并未行进着？／这高耸的一扇扇**车翼**／好像只是坐立在黄河岸头的一扇扇戽水的圆盘？""木轮车队高耸的**轮翼**始终在行进着。"比如《雄风》："我深信／只有在此无涯浩荡方得舒展我爱情宏廓的**轮翼**。"比如《河床》："我爱听兀鹰长唳。他有少年的声带。他的目光有少女的／媚眼。他的**翼轮**双展之舞可让血流沸腾。"比如《感受白羊时的一刻》："天路纵驰。**翼轮**阑干。梦影华滋"；比如《骷髅头串珠项链》："……插立在**车翼**的白布经幡像竖起的一只大鸟翎毛满是尘垢。"如此看来，"翼手"是昌耀的一个拟人化了的曲喻，暗含有飞驰的运动感，有若屈原"乘回风兮载云旗"里那般车轮的速度与激情，是一种驱动运动的力量，一种充盈的生命力，一种如他所欣赏的"瞬刻可被动员起来的强大而健美的社会力量的运作力"，一种恢宏、盛大、厚重、庄严的演奏——"是以几百、上千个体力劳动者同时运作爆发而得的体力作为动力，带动特殊器械装置为之鼓风，使气流频频注入数百根、数千根金属或木质管孔，发出来足以与其规模相称的、令人心旌摇动的乐音。"总之，"翼手"是一种澎湃激情和生命强力的象征，是他的大诗歌观在审美表现层面的最初呈现。

现在，我们回到《高车》的前两节：

从地平线渐次隆起者
　是青海的高车

从北斗星宫之侧悄然轧过者
　是青海的高车

昌耀锁定西北大地以往常见的那种大轱辘车来书写，但对其形状之大并未作特写处理，而是将其置入一个大视角、超长焦、大纵深的空间，并且不是将高车当作静物来描写，而是作为持续移动的意象来处理。让人们费解的是，在大地上驰行的高车，怎么会跑到天上"从北斗星宫之侧悄然轧过"呢？须知这不是诗人的幻想或产生的幻象，它是昌耀对视觉经验里前景和后景相重叠后所形成的视觉错觉的巧妙的诗性转化，是昌耀对青藏高原极高的空气透明度下清晰星象的敏锐洞察。这种视觉错觉，一直被摄影家、画家、电影摄影师们屡试不爽地运用于奇妙画面的设计。擅长绘画的作家阿城在《孩子王》里借王福的作文，就利用这一视觉错觉写出与昌耀诗句异曲同工的画面："早上出的白太阳，父亲在山上走，走进白太阳里去。"后来昌耀写下的"一百头雄牛低悬的睾丸阴囊投影大地。／一百头雄牛低悬的睾丸阴囊垂布天宇"，同样采用的是宏廓的视角，但这一次垂布天宇的睾丸阴囊已不是诗人的视觉错觉，而是诗人夸张性的主观想象。

利用天地之间形成的夹角来成像造境，是昌耀书写宏大境界的视觉和心理的双重经验。偏于视觉的，像《去格尔木之路》里这样的描述："盐湖已被挤压于天地之夹层。"（利用空间中物体大小的反衬效果）偏于心理的，像《巨灵》里这样的描述："我攀登愈高，发觉中途岛离我愈近。／视平线远了，而近海已毕现于陆棚。／宇宙之辉煌恒有与我共振的频率。／能不感受到那一大摇撼？"

用天象作为诗歌意象，也是昌耀诗歌营造恢宏、崇高意境的重要途径。其本质涉及昌耀诗学中极为醒目的一个特点：广阔、深邃的时空观。王国维先生当年在《人间词话》列举"明月照积雪""大江流日夜""澄江净如练""山气日夕佳""落日照大旗""中天悬明月""大漠孤烟直""长河落日圆"等古典诗词片段，批识到："此等境界，可谓千古壮语。求之于词，则纳兰容若塞上之作，如《长相思》之'夜深千帐灯'、《如梦令》之'万帐穹庐人醉，星影摇摇欲坠'差近之。"静安先生没有明确点出边塞或者游牧民族生活的疆域，往往因为辽远开阔的地理环境会给人们视觉经验上带来一望无际的视觉感受。这种视觉感受随后又会赋予人们心理感受上的博大与崇高。纳兰词境的高旷，从文学史的角度来看，实际上是唐代边塞诗人开启的博大诗境在清代迢递的余绪，昌耀则是在当代新诗里一次更其遥远的接续和转型。

　　学者王锺陵在《中国前期文化——心理研究》中专门论及"唐人的时空观"——"唐人的边塞诗，十分鲜明地体现了三个因素的结合：阔大的地域感，对边地季候景物的描写，以及征人的或豪迈、或悲切的种种心理之表现。""唐人所感受的这样一种阔大空间，不再仅是平面的展开，它是立体的、多维的，并和时间因素紧紧交织着，它也不再仅用之以表达一种气势了，它内蕴着丰富多样的内容，有着特定的景观和人物的情思。外延的开阔和内蕴的丰富，形成了壮阔而又情味深长的亦即可用'壮美'一词加以概括的意境。"

　　《高车》一诗不是昌耀重量级的作品，但它显露出昌耀诗学的一个重要审美取向——宏大的时空观，把物象或事物放置到天地河汉之间这样一种广大而实在的空间里来打量。这已不再是唐代以前或者《楚辞》里那种通过神话思维、幻想创造出的宇宙空间，而是唐代边塞诗人们普遍的视觉经验和心理气象。从文学史的意义上来审视，昌耀的咏青诗作，既是对边塞诗诗脉的遥远呼应，更是对边塞诗不可同日而语的一次全新编程、全新掘进，将昔日政治化、社会化的诗歌维度代之以审美化、地域化的诗歌维度。

　　具体来说，时空世界在昌耀这里再度被广化。《在雨季：从黄昏到黎明》里，昌耀借用夕阳的视角，含纳了长河上下游这么一个超然的共时性视域空间："雷雨之后，夕阳／品著长河上游骤然明亮的源头，／见下游出海口一只无人的渡船／悄悄滑向瓦蓝。"1962年写下的《断章》，是昌耀早期博大风格的代表，那种磅礴的气势和宇宙感，完全是被惠特曼《自己之歌》《大路之歌》式的整体诗学所唤醒和激活的一种抒写："这样寒冷的夜……/ 但即使在这样寒冷的夜 / 我仍旧感觉到我所景仰的这座岩石，/ 这岩石上锥立的我正随山河大地作圆形运动，/ 投向浩渺宇宙。/ 感觉到日光就在前面蒸腾。"昌耀的这种超然的共时性视域空间，已经成为他稳定的心理结构和审美反射习惯，所以即便到了迟暮风格时期，他仍旧在延续古代诗人未能抵达和书写的超然的共时性视域空间——《莞尔——呈献东阳生氏》："穿过田野，朗极的黎明，银月照我西山，旭日徂彼东岗，在清风徐徐的节律我已面北**同时朝觐两大明星体**，而怀有了对于无限的渴念。"

需要进一步强调，昌耀在其迟暮风格时期，他早期的惠特曼式的抒情，便更多地转向鲁迅《野草》式的抒情加上陀思妥耶夫斯基化的风格，尤其是他具有明显陀氏思维倾向的多重体验，激活了他对同时共存的事物的特别关注与兴趣。比照陀氏艺术感知世界的特点，我们在昌耀的诗里发现他也像陀氏一样，把"一切分离开来的遥远的东西，都须聚集到一个空间和时间'点'上"，"只有经过思考能纳入同一个时刻的东西，能在同一时刻相互发生联系的东西"，才能成为他表现的题材。这一具有狂欢体特色的时空观，特别擅长于采用宇宙度量来创作具有宇宙时空广度和深邃度的形象和情景，是作家和诗人具有宇宙意识的审美观照。（参照小说《围城》里的如下表述："天空早起了黑云，漏出疏疏几颗星，风浪像饕餮吞吃的声音，白天的汪洋大海，这时候全消化在更广大的昏夜里。衬了这背景，一个人身心的搅动也缩小以至于无，只心里一团明天的希望，还未落入渺茫，在广漠澎湃的黑暗深处，一点萤火似的自照着。")

在同一时间呈示与叠加不同事物，这在中国的古典诗歌里已有体现，如鲍照的"居人掩闺卧，行人夜中饭"，高九万的"日暮狐狸眠坟上，夜归儿女笑灯前"。古典诗歌限于格律与对仗，一般只能将两件事情并置于同一时间。昌耀却能做到将三件事情并置于同一时刻。像《旷原之野——西疆描述》："晚照中的卧牛正以一轮弯弯的犄角 / 装饰于雪山之麓。靓女的 / 乔其纱筒裙行行止止…… / 花灯般凝止。 / 绿洲匍匐的晚祷者以沙土净沐周身——"；像《薄曙：沉重之后的轻松》："薄曙之来予我三重意境：/ 步行者橐橐迫近的步履。 / 苇荡一轮惊鸟戛然横空。 / 漫不经心几响犬吠远如疏星寥落。"

正像我们前面引证学者针对唐朝诗人时空观时所阐述的一种观点，唐人时空观不再仅是平面的展开，而是立体的、多维的，并和时间因素紧紧交织在一起。同样，在昌耀博大的空间感里，经常会注入时间上的邃远感，这是昌耀时空观所发展出的一种诗歌类型。比如，《船，或工程脚手架》："水手的身条 / 悠远 / 如在 **邃古**"；《寄语三章》："披着粼光瑞气 / 浩浩潺潺轰轰烈烈铺天盖地朝我腾飞而来者 / 是**古**之大河。"；《激流》："沿着黄河我听见登登足音，/ 感觉在我生命的深层早注有一滴黄河的精血"；《群山》："这高原的群山莫不是被石化了的**太古**庞然巨兽？"

昌耀的这种邃远感大半基于久远的历史或者漫长的时间，这也是古典诗歌里惯有的思维和技法。可是昌耀比他的前代诗人们走得更加辽远，后来居上。当他从生物学和生命科学来拓展他的邃远感的时候，他便跨入了现代诗歌的语境，跨入了前人从未书写过的崭新语境；这也是与他前后出道的诗歌同行未必能及的地方。《与梅卓小姐一同释读＜幸运神远离＞》："人间从来就是现世生者的'涤罪所'，苦难中的形骸思虑营营，历历可见：人满为患，金钱肆虐，半个世纪，尤以现今为最。厄运之不可摆脱犹如存在于细胞核染色体的遗传基因，一个新的生命一旦完成，厄运已潜在其中。人虽不能透过时空预见每一细节，但细节迟早会一一应时而显现。一个后代子孙的命运，甚至可以推其谱系溯源到其远代母亲——尚在母体胚胎**发育中的**——**卵巢的一粒卵子**。这种邃远感，有如从相对的两面互为反射、互为复制、互为因果的镜子中所见无穷深远的物象。"

七

时至如今，新诗已经走过一个世纪的历程。回瞻这漫长而又短暂的诗歌发展履历，其间涌动过多少波峰浪谷，多少诗名的轮转沉浮。于今我们能够在这百年之期的新诗波流里窥到这么一个显著的事实：在此区间，就其新诗表现类型的丰富性、题材开掘的首创性、语言创造的新奇性、风格变化的多样性、文本探索的先锋性方面（包括迟暮风格时期昌耀诗歌出现的一种偏离当代诗歌主潮，偏重辞藻、视听美感，极尽通感之能事的新唯美主义创作倾向），昌耀以一己之力，心游万仞，精骛八极，孤拔耸峙于当代诗坛，同侪时辈没有能出其右者！曾经声名赫赫的诗人，或者以师宗而诗脉丛生，或者以诗旗而四处招展，在现象上，他们都是群峰叠嶂、绵延不绝，唯独昌耀孤峰而立。这也决定了他的诗歌在这个娱乐至上的时代，只可静观，不可近狎。尼采在《曙光》里拈示过一种超拔的观察法和价值评估法："每一部优秀的作品，只要它处在当时潮湿的空气里，它的价值就最小。——因为它尚如此严重地沾有市场、敌意、舆论以及今日与明日之间的一切过眼烟云的气息？后来它变干燥了，它的'时间性'消失了——这时它才获得自己内在的光辉与温馨，是的，此后它才有永恒的沉静目光。"

如今，昌耀的许多诗篇在他离开人世不过二十载的时光淘洗、晾晒之后，已然抖落了时间的潮气，愈发显现出"内在的光辉与温馨"，荣享木心所说的"事物的第二重意义"。

还有，还有不少被我们低估了的诗篇、遗忘了的意义，将会在未来迎回它的知音。

己亥岁杪，梅卓《神授·魔岭记》付梓，出版社邀众雅集。言次，总编辑马非嘱我为序，惶然领命。不日，大疫始发江城。俄而疫势骤猛，如火燎原，遍袭大江南北。八方医师趑行赴险，拯危救难。而染疫之城，民皆猫冬，出行皆口鼻蒙罩。畴昔闹市巷空车寮，诸路公交，几近空驶。降疫之际，百感交集，心绪浩茫，不时忍忧含愤。搜肠刮肚、敲键录字历时一月半，竣稿于庚子春花灯寂冷之元夕。

目录

昌耀个人照片

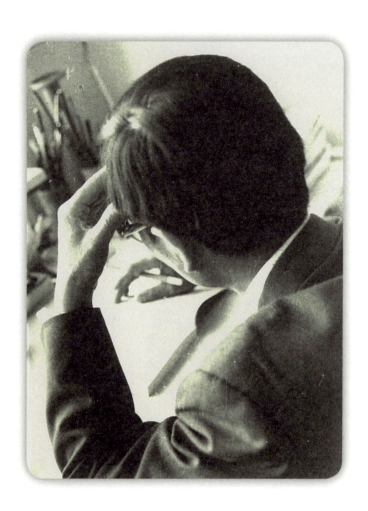

鹰·雪·牧人

鹰，鼓着铅色的风
从冰山的峰顶起飞，
寒冷
自翼鼓上抖落。

在灰白的雾霭
飞鹰消失，
大草原上裸臂的牧人
横身探出马刀，
品尝了
初雪的滋味。

1956.11.23 于兴海县阿曲乎草原

林中试笛（二首）

车　轮

> 唉，这腐朽的车轮……就让它燃起我们熊熊的篝火，加入我们激昂的高歌吧。
>
> ——勘探者语

在林中沼泽里有一只残缺的车轮

暖洋洋地映着半圈浑浊的阴影

它似有旧日的春梦，常年不醒

任凭磷火跳越，蛙声喧腾

车队日夜从林边滚过

长路上日夜浮着烟尘

但是，它却再不能和长路热恋

静静地躺着，似乎在等着意外的主人……

野 羊

啊，好一对格斗的青羊，似乎没听见我们高唱……请
轻点，递给我猎枪，猎一顿美味的鲜汤。
　　　　　　　　　　　　——勘探者语

在晨光迷离的林中空地

一对暴躁的青羊在互相格杀

谁知它们角斗了多少个回合

犄角相抵，快要触出火花

是什么宿怨，使它们忘记了青草

是什么宿怨，使它们打起了血架

这林中固执的野性啊

当猎枪已对准头颅，它们还在厮打

1957 年夏

高 车

是什么在天地河汉之间鼓动如翼手？……是高车。是青海的高车。我看重它们。但我之难忘情于它们，更在于它们本是英雄。而英雄是不可被遗忘的。

从地平线渐次隆起者
是青海的高车。

从北斗星宫之侧悄然轧过者
是青海的高车。

而从岁月间摇撼着远去者
仍还是青海的高车呀。

高车的青海于我是威武的巨人。
青海的高车于我是巨人之轶诗。

1957.7.30 初稿

水色朦胧的黄河晨渡

黄河的说唱诗人，终年在黄河身边徘徊不愿他去。诗
人啊，用你古老的三弦琴，为我们弹奏一支黄河的歌谣吧。

——纪感之一

我们都是黄河的子孙，都是黄河的种族啊。

——纪感之二

雾啊，雾啊⋯⋯
只听到橹声拍溅和水声震耳的呼号。

然而黄河熟悉自己的孩子。
然而水手熟识水底的礁石。

那些黄河的少女撒开脚丫儿一路小跑
簇拥着聚在码头，她们的肩窝儿
还散发着炕头热泥土的温暖味儿，
一眼就认出了河上摇棹扳舵的情人，
由不得唱一串撩人心魄的情歌。

被这歌声同时撩动的黄河铁工

更欢快地抡起了铁锤锻造火的流苏。

而黄河牧人举臂将巴掌遮在耳腮

向河谷打了一声长长的呼哨。

雾啊，雾啊……

站在柳堤的老人慈眉善目

这时默默想起了自己少年时光，

觉着那花儿的韵致仍旧漫在水上不差毫厘，

热身子感动得一阵抖动。

雾啊……于是大山的胸脯领会了旷野的期待

慢慢蒸发起宽河床上曙日的潮湿。

水色朦胧的晨渡也就渐渐疏朗了。

1957 年稿

寄语三章

1

地平线上那轰隆隆的车队
那满载钢筋、水泥、原木的车队以未可抑制的迅猛
泼辣辣而来，又泼辣辣而去，
轮胎深深地划破这泥土。
大地啊，你不是早就渴望这热切的爱情？

1957.10.28

2

在他的眉梢，在他的肩项和肌块突起的
前胸，铁的火屑如花怒放，
而他自锻砧更凌厉地抢响了铁锤。
他以铁一般铮铮的灵肉与火魂共舞。

1957.11.25

3

披着粼光瑞气

浩浩潆潆、轰轰烈烈、铺天盖地朝我腾飞而来者

是古之大河。怦怦然心动。

而于瑞气粼光之中咏者歌者并手舞足蹈者则一河的子孙。

1957.11.26

激 流

激流

带着雪谷的凉意以一路浩波抛下九曲连环，

为原野壮色为大山图影为征夫洗尘为英雄挥泪。

沿着黄河我听见跫跫足音，

感觉在我生命的深层早注有一滴黄河的精血。

海螺声声

是立在屋脊的黄河子民对东方太阳热烈传呼。

1957.11.19

扫 码 听 诗

群　山

我怀疑：

这高原的群山莫不是被石化了的太古庞然巨兽？

当我穿越大山峡谷总希冀它们猝然复苏，

抬头啸然一声，随我对我们红色的生活

作一次惊愕地眺视。

1957.12.7

风　景

白雪
铺展在冻结的河湾
有春水之流状。

小院墙头，祈福者
供奉在腊八时节的冰体
却袒露着闪烁的笑。
而那些老瘦的白杨
在峪口相对默然。

牧人说：我们驯冶的龙驹
已啸聚在西海的封冰，
在灼人的冷光中
正借千里明镜举足练步。

1957.12.21

扫 码 听 诗

踏着蚀洞斑驳的岩原

踏着蚀洞斑驳的岩原
我到草原去……

午时的阳光以直角投射到这块舒展的
甲壳。寸草不生。老鹰的掠影
像一片飘来的阔叶
斜扫过这金属般凝固的铸体，
消失于远方岩表的返照，
遁去如骑士。

在我之前不远有一匹跛行的瘦马。
听它一步步落下的蹄足
沉重有如恋人之咯血。

1961

这是赭黄色的土地

这土地是赭黄色的。

有如它的享有者那样成熟的
玉蜀黍般光亮的肤色，
这土地是赭黄色的。
不错，这是赭黄色的土地，
有如象牙般的坚实、致密和华贵，
经受得了最沉重的爱情的磨砺。

——这是象牙般可雕的
土地啊！

1961 初稿

荒 甸

我不走了。
这里，有无垠的处女地。

我在这里躺下，伸开疲惫了的双腿，
等待着大熊星座像一株张灯结彩的藤萝，
从北方的地平线伸展出它的繁枝茂叶。
而我的诗稿要像一张张光谱扫描出——
这夜夕的色彩，这篝火，这荒甸的
情窦初开的磷光……

1961

筏子客

扫 码 听 诗

落日。
辉煌的河岸。
一个辉煌的背影：

皮筏——
和扛着皮筏的筏子客。

跋涉于归途，
忘却了鱼的飞翔，
水的凌厉。
与激流拼命周旋，
原是为的崖畔
那一扇窗口。那里
有一朵盛开的
牡丹。

当圆月升起，我看到
一个托举着皮筏的男子
走向山巅辉煌的小屋。

1961 年夏初写
1981.9.2 重写

昌耀与友人的合影

夜行在西部高原

夜行在西部高原

我从来不曾觉得孤独。

——低低的熏烟

被牧羊狗所看护。

有成熟的泥土的气味儿。

不时，我看见大山的绝壁

推开一扇窗洞，像夜的

樱桃小口，要对我说些什么，

蓦地又沉默不语了。

我猜想是乳儿的母亲

点燃窗台上的油灯，

过后又忽地吹灭了……

1961 初稿

我躺着。开拓我吧

我躺着。开拓我吧！我就是这荒土

我就是这岩层、这河床……开拓我吧！我将

给你最豪华、最繁富、最具魔力之色彩。

储存你那无可发泄的精力：请随意驰骋。我要

给你那旋动的车轮以充实的快感。

而我已满足地喘息、微笑

又不无阵痛。

1962.2

晨兴：走向土地与牛

劳动者

无梦的睡眠是美好的。

富有好梦的劳动者的睡眠不亦同样美好？

但从睡眠中醒来了的劳动者自己更美好。

走向土地与牛的那个早起的劳动者更美好。

1962.3 初稿

猎 户

从四面八方，我们麇集在一起：
为了这夜色中的聚餐。
篝火，燃烧着。
我们壮实的肌体散发着奶的膻香。

一个青年姗姗来迟，他掮来一只野牛的巨头，
双手把住乌黑的弯角架在火上烤炙。
油烟腾起，照亮他腕上一具精巧的象牙手镯。
我们，
幸福地笑了。
只有帐篷旁边那个守着猎狗的牧女羞涩回首
吮吸一朵野玫瑰的芳香……

1962.3.5—4.21

峨日朵雪峰之侧

这是我此刻仅能征服的高度了：

我小心翼翼探出前额，

惊异于薄壁那边

朝向峨日朵之雪彷徨许久的太阳

正决然跃入一片引力无穷的山海。

石砾不时滑坡引动棕色深渊自上而下一派嚣鸣，

像军旅远去的喊杀声。我的指关节铆钉一般

楔入巨石罅隙。血滴，从脚下撕裂的鞋底渗出。

啊，此刻真渴望有一只雄鹰或雪豹与我为伍。

在锈蚀的岩壁但有一只小得可怜的蜘蛛

与我一同默享着这大自然赐予的

快慰。

1962.8.2

天 空

这柔美的天空
是以奶汁洗涤
而山麓的烟囱群以屋顶为垄亩：
是和平与爱的混交林。

——骒马
在雪线近旁啮食，
以审度的神态朝我睨视。

——此刻，谁会为之不悦？

1962.8.6 初稿

良 宵

放逐的诗人啊

这良宵是属于你的吗？

这新嫁娘的柔情蜜意的夜是属于你的吗？

这在山岳、涛声和午夜钟楼流动的夜

是属于你的吗？这使月光下的花苞

如小天鹅徐徐展翅的夜是属于你的吗？

不，今夜没有月光，没有花朵，也没有天鹅，

我的手指染着细雨和青草气息，

但即使是这样的雨夜也完全是属于你的吗？

是的，全部属于我。

但不要以为我的爱情已生满菌斑，

我从空气摄取养料，经由阳光提取钙质，

我的须髭如同箭毛，

而我的爱情却如夜色一样羞涩。

啊，你自夜中与我对语的朋友

请递给我十指纤纤的你的素手。

1962.9.14 于祁连山

扫 码 听 诗

这虔诚的红衣僧人

红杨树——虔诚的僧人，

裹着秋日火红的红袈裟，

墨守一方园囿……

我是那种呆立的偶像吗？

我的生命是在风雨吹打中奔行在长远的道路。

我爱上了强健的肉体，脑颅和握惯镰刀的手。

我去熟悉历史。

我自觉地去察视地下的墓穴，

发现可怕的真理在每一步闪光。

你看我转向蓝天的眼睛一天天成熟，

充盈着醇厚多汁的情爱。

1962.10.13—15

给我如水的丝竹

我渴，给我如水的丝竹之颤动，盲者！
我渴，给我如瀑跌宕的男低音，盲者！
唯有你能理解我的焦渴之称为焦渴！

我也是一个流浪汉。
我的肤体有冰山的擦痕。
我的衣袍有篝火的薰香。
我的瞳孔有钻石的结晶。

天黑了，是你汩汩泉籁指引了病热的我。
我摸索着踏进你深深的眼窝，你无须发觉。
而当你作一声吟哦，风悄息。
我重又享有丝竹那如水的爽洁。

我是一个渴饮的人。
盲者，请给我水。请给我如水滋补的教诲。

1962 年秋天

酿造麦酒的黄昏

酿造麦酒的黄昏，
炊烟陶醉了。巷陌陶醉了。风儿
也陶醉了。

河岸上，雪花是红的。
扎麻什克人迎亲的马队正在出征。
向着他们颤动的银狐皮帽，
冰河在远方发出了第一声大笑……

在醉了的早晨，
扎麻什克人迎回了自己的春神。

1962.11.26

昌耀参加活动的合影

全 国 诗 歌 座

会·张家港诗会
(11)

全国诗歌大赛颁奖会

政协青海省七届
文学艺术、新闻出[版]
和工作人员合影留[念]

会社会科学

体组全体委员

1997年元月17日

柴达木

沧海去了。

龙虾海蟹

都随着太古的水光泯灭，

留下一爿盐泽

几茎荒草……

于今，这死去了的

海洋业已复活。

我看见钢铁在苍穹

盘作扶桑树的虬枝。

浓缩的海水从隐身的鲸头

喷起多少根泉突。

我看见希望的幻船

就在这浮动的波影中扬帆……

1963.3.7 初稿

草原初章

是啼血的阳雀
在令人忧伤的暮色中鸣啾吗？
大草原激荡起来了，
播弄着夜气。
村舍逐渐沉没。
再也看不清白杨的树冠。
再也辨不出马群火绒绒的脊背。
只有那神秘的夜歌越来越响亮，
填充着失去的空间。

—— 一扇门户吱哑打开，
光亮中，一个女子向荒原投去，
她搓揉着自己高挺的胸脯，
分明听见那一声躁动
正是从那里漫逸的
心的独白。

1963.3.10 夜

高原人的篝火

高原人的篝火红似珊瑚枝，艳若牡丹花，
动若壮士起舞，静如少女沉吟。
高原人的篝火燃在最高的山顶烧在最深的河谷，
以最动人的形象报道牧人家园，
而伴着熠熠星光嘱咐上路来客莫忘携带笛管。

1963.7.5

扫 码 听 诗

海 头

海头戈壁

古事千年如水。

驼峰，

马背，

尽付与了黄沙。

传奇人物今在南山一带

赤脚追赶昆仑红日。

1967.12.19

扫 码 听 诗

冰河期

那年头黄河的涛声被寒云紧锁，
巨人沉默了。白头的日子。我们千唤
不得一应。

在白头的日子我看见岸边的水手削制桨叶了，
如在温习他们黄金般的吆喝。

1979.1.7

雄 风

吹山沉海，为有牧者的雄风。

浑噩中，但见大河一线如云中自电

向东方折遁。如骢马鼓气望空长嘶。

高原雄风何其威风乃尔！

是大自然的慷慨赐予？

是壮丽河山的博大抒情？

是一种道德精神伟力正君临天下？

在风靡的旷原迎风伫立

一个个虎背熊腰、披银冠金，只有风的牧者。

扫却愁怀万古，笑视冷眼旁观的过客，

窃喜自己也是放牧雄风的一个热诚精灵。

我独爱这一天红尘。我深信

只有在此无涯浩荡方得舒展我爱情宏廓的轮翼。

夜晚我仍驰骋风中而不耐壮怀激烈，

袒裸胸襟付与风涛冲刷。

1979.7.5

郊原上

郊原

那一排惯与流风厮磨的钻天杨

昨天倒在了田塍。倒在了田塍

像一排被处决的魔女，

绿色美发弃满泥涂。

骤然变得生疏的空间再不见旗罗伞布般高举之

树梢，和那树梢之雀巢，和那雀巢之雀鸟，

和那雀鸟唱与绿发魔女之绿色情语。

但从那蓝色原野，从那晨光下的小屋，

从那小屋的背后好像隐隐传来了斧斤的歌

和几声男子汉之杭育……

1979.9.21 初稿

美　人

篱笆旁，一个乡村的美人。

她默默地脱下草帽，

拿在手中，摆弄如一轮金月，若有所思。

那里，垂落在她弹性的胸脯，

两根藤萝般粗实的发辫，

闪着油腻欲滴的光……

为什么我要羞涩？

为什么要否认进入心中的美感？

却习惯于偷偷地斜睨！

1979.9.23

乡 愁

他忧愁了。

他思念自己的峡谷。

那里，紧贴着断崖的裸岩，

他的牦牛悠闲地舔食

雪线下的青草。

而在草滩，

他的一只马驹正扬起四蹄，

蹚开河湾的浅水

向着对岸的母畜奔去，

慌张而又娇嗔地咴咴……

那里的太阳是浓重的釉彩。

那里的空气被冰雪滤过，

混合着刺人感官的奶油、草叶

与酵母的芳香……

——我不就是那个

在街灯下思乡的牧人，

梦游与我共命运的土地？

1979.10.5—6

莽　原

远处，蜃气飘摇的地表，
崛起了渴望啸吟的笋尖，
　　——是羚羊沉默的弯角。

在最后的莽原，
这群被文明追逐的种属，
终不改他们达观的天性：
或如松鼠痛饮于光明之枝。
或如河鱼嬉游于波状之物。
捕捉那迷人的幻梦，
他们结成箭形的航队
在劲草之上纵横奔突，
温柔得如流火、金梭……
莽原，宠爱自己的娇儿。

正是为了大自然的回归，
我才要多情地眷顾
这块被偏见冷落了的荒土？

1981.4.16 改旧作

昌耀与家人的照片

湖　畔

湖畔。他从烟波中走出，
浴罢的肌体燧石般黧黑，
男性的长辫盘绕在脑颅，
如同向日葵的一轮花边。
他摇响耳环上的水珠，
披上佩剑的长服，向着金银滩
他的畜群曳袖而去……

我就这样结识了
库库淖尔湖忠实的养子。
他启开兽毛编结的房屋，
唤醒炉中的火种，
叩动七孔清风和我交谈。
我才轻易地爱上了
这揪心的牧笛和高天的云雀？
我才忘记了归路？

1981.4.18 改旧作

烟　囱

于是，我不能忘怀这村寨的烟囱了。

那些用粘土堆塑在屋顶的圆锥体，

是山民监听风霜的钟鼓。

牧羊人的妻女，每日

要从这里为太阳三次升起祷香。

而我，却想起了裸陈在高檐的陶罐。

我对这生活的恒久的爱情，

不正是像陶罐里的奶酪那么酽浓，

熏染了乡间的烟火，

溶落了日月的华露，

渗透了妇孺的虔诚？

1981.4.19 重写

风景：湖

滑动着的原野。
几株年青的船桅
是这片空间仅有的风景树。

但候鸟们已乘季风南翔，
留下独处的泡沫排成白练数列，
远隔着秋雨沉浮。
我未得见天鹅柔嫩的粉颈。

而翠绿的水纹
总是重复着一个不变的模式，
像诱惑的微笑在足边消散，随之
另一个微笑横着扑来。
我并无丝毫恐惧。

没有喧哗之声。湖光
却已显示可以触感的前律。

只是冷落了山脚的那片油菜。

不会成熟了吧?

可那金黄的色块

依旧夏天般明亮

那么天真……

1981.9.16 深夜

丹噶尔

在高岭。在从未耕犁过的冈丘，
粘土、丝帛和金粉塑造的古建筑，
原是没有泉水保障的
冒险的城关。

我太记得那些个雄视阔步的骆驼了，
哨望在客栈低矮的门楼，
时而反刍着吞自万里边关的风尘。
我记得卖货郎的玻璃匣子，
海螺壳儿和鼻烟壶
以同样迷幻的釉光
吸引着草原的老者。
我记得黄昏中走过去的
最后一头驮水的毛驴。
而弥漫着柴草气味的巷道口
对于无家可归的人
曾是温暖的天堂……
琉璃瓦的丹噶尔——
我因此而记住了你古老的名字！

1981.9.21 晨

关于云雀

没有檐角可供停息。

没有柯枝。

但我所知道的云雀的啁啾

只属于旷远的高天。

只属于热流。只属于飞翔。

只属于谛听的穹庐。

云雀是飞鸣的鸟。

而那个栖止在猪背啼叫的

只是寒鸦。

我的大漠上的小路，因之

才有这么繁复的色彩吗？

现在，牧童枕着手臂

又怅望秋空了。但我确知在寂寞的云间

一直飘有悬垂的金铃子，

只被三月的晓风

或是夏夜的月光奏鸣。

1981.10.3

扫 码 听 诗

鹿的角枝

在雄鹿的颅骨，生有两株
被精血所滋养的小树。雾光里
这些挺拔的枝状体明丽而珍重，
遁越于危崖沼泽，与猎人相周旋。

若干个世纪以后，在我的书架，
在我新得的收藏品之上，才听到
来自高原腹地的那一声火枪。——
那样的夕阳倾照着那样呼唤的荒野。
从高岩，飞动的鹿角，猝然倒仆……

——是悲壮的。

1982.3.2

日　出

听见日出的声息蝉鸣般沙沙作响……
沙沙作响、沙沙作响、沙沙作响……
这微妙的声息沙沙作响。

　　静谧的是河流、山林和泉边的水瓮。
　　是水瓮里浮着的瓢。

但我只听得沙沙的声息。
只听得雄鸡振荡的肉冠。
只听得岩羊初醒的锥角。
　　垭豁口
　　有骑驴的农艺师结伴早行。

但我只听得沙沙的潮红
从东方的渊底沙沙地迫近。

1982.3.29

昌耀手迹

此照摄于三七年夏，是我可追叙的个人早期生命活动"实物"图片中仅有的一帧。原始底版丢失，承左兄近日代为翻拍，而有可能将此复制，而有可能将此复制品分赠三、五位亲朋，非为他故，一感情倾向于过去是也。

左良兄惠存

吕欣 谨赠 于记八三·九·十九日

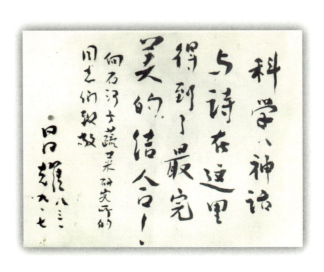

科学、神话
与诗在这里
得到了最完
美的结合！

向石泙士蔬
菜研究所的
同志们致敬

吕骥 八三、
九、七

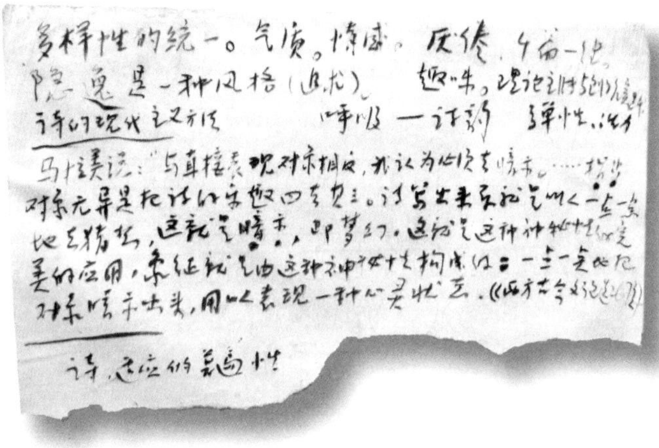
多样性的统一。气质。情感。庆佟，个向一性。
隐逸是一种风格（追求）。 趣味。理论的……
诗的现代主义方法 呼吸—诗韵 弹性、活力
马拉美说："与直接表现对象相反，我认为必须去暗示。……指出对象无异是把诗的寓趣四分去三。诗写出来原就是叫人一点一点地去猜想，这就是暗示，即梦幻。这就是这种神秘性的完美的应用，象征就是由这种神秘性构成的：一点一点地把对象暗示出来，用以表现一种心灵状态。《西方古今文论选》"
诗，适应的暗示性

一 写实主义风格使其实用

△有人问心真美欢和艺术讨论，《亢言生活》体现这样一种真实观。政治需要这一地一一艺术家失去自我，艺术者失去个性。

△对历史实践进行大胆批判，塑造出他和历史一真美，书法艺术家自信心和自尊心批评意识。

△在反省历史实践中个人化的地位往往忽视美，把思想投向社会底层。以政治国统和单一模式中挣脱，以即是一种写意的时代精神一种意识，塑造了对社会意义一直冻观念，迫与开始对绘画单纯心研究和主体意识心支撑点。

△罗中立《父亲》的一举成功在文一系列重复了它竟破过的需要，或这经久及心社会问题心巡回展需要。 〔？？？〕

△ 艺术美术活动心绘制个体表现本艺术本传入手，透过主题闭心需求和现代性的心立意，从形体和本单主体性理性批判，以长剖，艺术创作变动单体意识心支撑：被动或主动、不自觉或自觉。

△经过艺术心车程是心发展，我要表表心全方位经市政控制，艺术创作挣扎挣……而言，它放人价值价性，心时代和时代与一支撑，已经完善一致

艺术家对艺术城势择意的个人心意心一真情巴意。

△绘制个体意识和心书法一种状态，再记录着方象心动，画历了，再绘艺者专门精随心意情和心未联系，心更敢动心忠忠和心观律经验未能懂。

△从自我表现到超我目的"，新一代艺术心图式观念上延续深入，地性向重视知识和心表向形成上有别于书人一批他性和心车单化心剖新方，继承的和心传统构心背景心感性活动。新心私心传统历史文化轨迹心一结果，而自己心历史和地实的仍出一车料和状择。思心意是持心立场，艺术心们向心快乐心绘码心心剖新。这心何向城市文明和哲理性心开拓，不完竟都自主体意义和自觉在习作。发出提问、继承心绘意识心深化，其结果在更多层面上何群体意识，……人意心心回归，美技心文化向心实意。在对现代艺术心图式人群意心心意义引导与与引线和单车一批心结，经文艺习作病况心一种自然，革命性和语性意在……意心引线和单车一批心结，起而为现代艺术心历时性替代，造成了不同群体心意识性纷争。

（？）

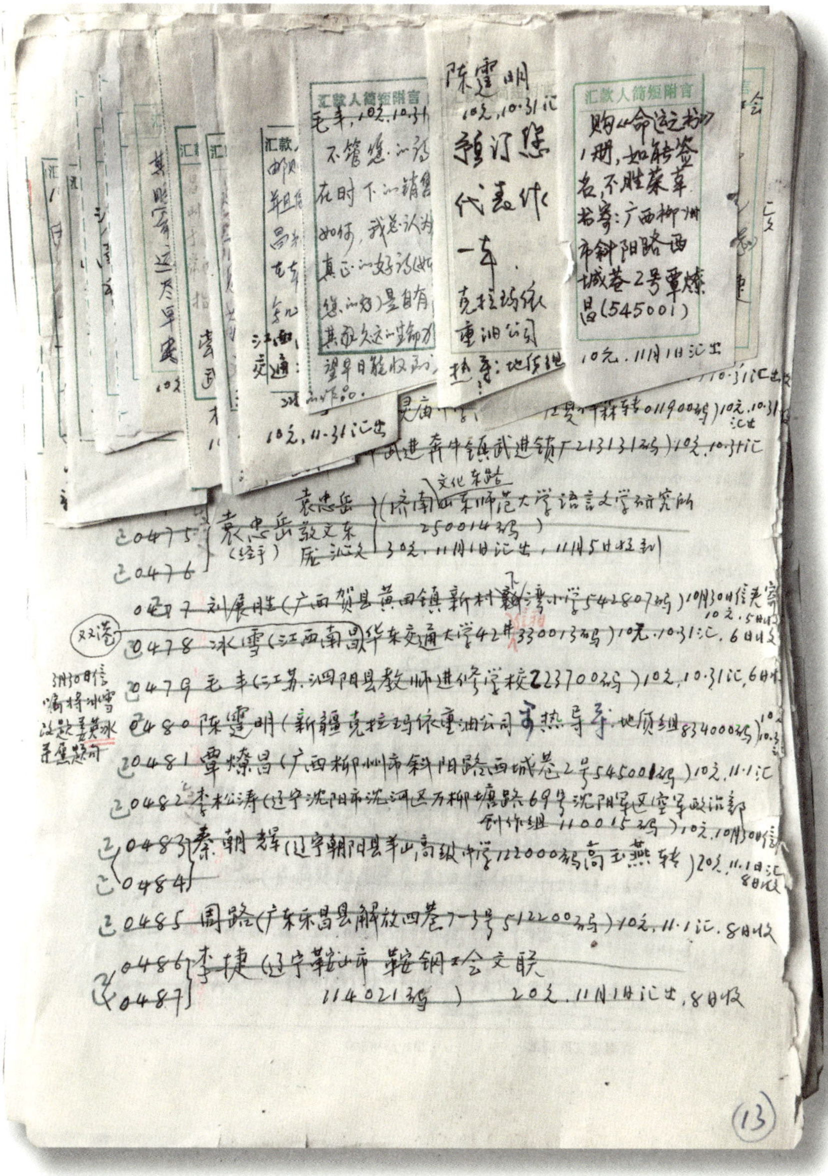
汇款人简短附言
毛丰，10元，10.31汇
不管您的诗……在时下的销售……如何，我总认为真正的好诗（如您的诗）是自有其永久的魅力……望早日能收到……作品。

陈霆明
10元，10.31汇
预订您代表作一本。
克拉玛依重油公司
热导：地质组

汇款人简短附言
购《命运之书》1册，如能签名，不胜荣幸。
书寄：广西柳州市斜阳路西城巷2号覃燎昌(545001)
10元，11月1日汇出

0475 袁忠岳（经手）袁忠岳 韩文东 庞汇文（济南 山东师范大学文化东路语言文学研究所 250014号）30元，11月1日汇出，11月5日收到
0476
0477 刘展胜（广西贺县黄田镇新村下湾小学542807号）10月30日信先寄 10元，5日收
（双澄）0478 冰雪（江西南昌华东交通大学42#330013号）10元，10.31汇，6日收
0479 毛丰（江苏泗阳县教师进修学校223700号）10元，10.31汇，6日收
0480 陈霆明（新疆克拉玛依重油公司热导：地质组834000号）10元，10.31汇
0481 覃燎昌（广西柳州市斜阳路西城巷2号545001号）10元，11.1汇
0482 李松涛（辽宁沈阳市沈河区万柳塘路69号沈阳军区空军政治部创作组110015号）10元，10月30日信
0483 秦朝辉（辽宁朝阳县羊山高级中学122000号高玉燕转）20元，11.1日汇，8日收
0484
0485 周路（广东乐昌县解放四巷7-3号512200号）10元，11.1汇，8日收
0486 李捷（辽宁鞍山市鞍钢工会文联 114021号）20元，11月1日汇出，8日收
0487

3月30日信 将冰雪改题名……

13

赠阅

3本√ 野曼、何明、陈绍伟
广东省广州文明路211号内进后座四楼
《华夏诗报》编辑部　　　　510110码

1本√ 朱金晨
上海市湖南路105号《文学报》编辑部 200031码

13本√ 杨子敏、丁国成、雷抒雁、
梅绍静、李小雨、李瑛、朱先树、唐晓渡、
寇宗鄂、王燕生、雷达、晓钢、杨金亭
北京农展馆南里10号　诗刊社　　100026码

2本√ 韩作荣、陈永春
北京农展馆南里10号文联大楼人民文学杂志 100026码

1本√ 方文
北京沙滩北街二号《中国作家》编辑部

1本√ 刘原
上海巨鹿路675号《上海文学》

5本√ 杨牧、刘滨、骆家发、靳建军、王志杰、
四川成都红星路二段85号《星星》诗刊 610012码

1本√ 东虹
新疆乌鲁木齐市光明路《绿洲》

1本√ 石河
新疆石河子市北三路《绿风》诗刊　832000码

121

杨志军
西宁七一路211号　青海日报社　　81000邮

1本✓　林锡纯（情醇）
　　　西宁晚报社

1本✓　杨　克
　　　广东 广州文德路75号《作品》编辑部　510030邮

1本✓　曲有源
　　　吉林省长春斯大林大街副111号 作家杂志社 130021邮

1本✓　邵燕祥
　　　北京虎坊路甲15号三门401室（诗刊社宿舍）100052邮

1本✓　刘福春　　　　（秋吉久纪夫译著由其转来）
　　　北京建国门内大街五号
　　　中国社会科学院文学研究所　　　　100732邮

1本✓　叶　橹
　　　江苏　扬州师范学院中文系

1本✓　周　涛
　　　新疆 乌鲁木齐市　新疆军区政治部创研室

1本✓　绿　原
　　　北京朝外红领巾公园东十巷12号1-6-403
　　　　　　　　　　　　　100025邮

关于《中国今日诗坛在行进中》

昌耀

对于新诗的批评文章近年来常见于报章杂志，如眼下之庆贺新春佳节燃放烟花爆竹，噼啪之声不绝于耳。凡涉及诗的批评尤为火爆，其势如爆竹，噼啪之声不爱多事，如1997年11月这一时期被烟燃放或这烦？非一问不爱多事，如1997年11月志春寿柳或短文皆署名于友人诚恳邀约在其策划的诗诗专辑你为有南吴某具"专家评论"之刊发的拙文《中国今日诗坛在行进中》就是这样出笼。这是写于1997年1月22日的一篇短文，原文约有1600余字，经编者好意整肠美容，仅留下了约1/4的面孔。面对这1/4残局，我不能否认是我的面孔，但不能不感到一些尴尬，甚至于想到"被阉割"。不过那位朋友的确是一位主刀高手，手术做得干净利索了无痕迹，问题仅在于我"不忍割爱"。

删除部分包括以下三个要点（关于"要点"的文字眼看就没劲儿）：

一、有关对新诗"一再地'揩指裁戟'"那样一段话。

二、有关大意如下的一段表述：诗是一科精神现象，诗的兴衰与一个时代国民精神一价值的追求必有内在联系，无法要求一些论者有美的揩摘的诗人脱离开对精神文化价值表关的是"自"的繁荣作为诗人彩感群促展。以关之，新诗还未有新的置换喷井式油喷，批评也让让同观点由因末喷射，不这种没有……

的理想主义、社会改造的浪漫气质、审美人生之脚本。我一生羁勤于此，既不因此何往的贬值而且惧怕，也不因"倒枝笑"而懊悔。如果说，我不能博得……观点，但我却坚持某一立场。

下面，将代以另录摘完整附录于后，意在将来话过数剔出，即"不忍割爱"之谓。

1998·1·31

附录：

中国今日诗坛在行进中

——答广州某杂志征问

以为诗人个个梦笔生花，诗坛遍是珠玑的观点，如果不是出于有意苛求，至少是一种误解。于是有了种种谬说，其一是"诗歌之死"（或谓"诗将亡"）。老实说，这样的观念我还从来没有生发过。这种相当流行的说法（专作笑话传衍）或是出于一些人的好心，但并不真切，听起来也怪诞离奇。我不喜欢这样的言论。我固执地以为，这种一再地"指指戳戳"，已经造成了对新诗"先入为主"的成见，甚者至于"诋毁"，即使用心再好，"诋毁可销骨"，值得人深思。

这样说或许有点沉重。

那么还是回到问题本身。诗人当然应该死（总有一天都会成批地死）。但诗肯定不会死。这犹如说，"地球失去任何一个人都会照样转"。这是事实。准此，我们不妨相而言之：诗与时间、运动长存，沛然于宇宙、人间，不会先于

③

...的灭绝而灭绝。

但我并不否认诗有兴意。惠侬固代有诗，大有美感。如谓：《文心雕龙》、诗代，则与时代有关。惠侬国可能有多兴，古诗、

种，我不能备述。诗代，博代述意，诗，可代之"发愤"（《孟子·离娄下》也，"发愤"之近年作为此作，似善、有威罗错失，人于此时遂若诗，代有质而熄。三百篇，大抵圣贤发愤之所为作。请注意"发愤"此作，令人特之消清，北诗音，

"时遇主音诗"（《史记·太史公自序》心。之内心——个正行的社会精神除清（或者说，即须植根于一所谓富尔·卡斯尔·共声，更善参神。

（《诗》《诗经》自序于内社会身体阶层）必谓诗之逊答菲之错在16道王义精神诗人。善其杰出的方

所为作"。诗只能发于社会正力行的因为诗就是诗者深思领祖（问之错，而对志大公"独的诗音，请存德诗"（《荀

是要重申一个同理心的兴德。这是一言时方。"这术可身兼可言，下是一代意之不治，即其善作存在德诗"

代全体有影可诗大仅通"地方主沉，而是家诗人能进儿国是，看新生的快之下，正的方

一有可能大时候的美固是什术从自美感。人自有感到可说：

动答在资本智说进就于事山于选择，让我感则可1995年3月人见到他，单纯若非那一种诗音，存在德诗

（4）

多，就以"来势"得与读诗似乎一样，似乎有如此，谁又写，诗写则不因读诗而写，发生过……人爱写，诗的魅力……多言情，何不因读诗而写。诗没有读诗的必要。诗爱……可是……也不因读诗而写。……仿佛仍有……的多，可是……这样……试问……写文章都是把……精。反之，……也是一种好现象。记得曾……心见……诗为……"时代的……所谓"写……"文章想不……故也不必独对诗人说此……记得至异同……诗"……可而……"独现象"……以题赠诗章（写诗）似……把……说与可。因此也是……"写……方而故也……为之惭愧！

子》）。古今诗坛人……同……写诗简……可而滥写……诗人之间何……怎样的诗作更有价值。……认可，既不准确……"写诗与……间更有别……我虽推崇诗，但也仅能做……那……情……获认……既难之曰"……人多"？可文章的人……可写……更有价值的诗作。是"民族的精……性道异……而人……写诗青年……是……之……的诗作……这种意义上的……决不……因读……可因读……今日……我本人而言，我……世界范围而言也仅属于……恺之……重要的是识别……作……成果都不……为高尚事，……就我本地读一点个人……位……何时对于诗坛……十年代……到有……选择鲁迅《野草》（……书记语）这种……神大姐……可惜这样的诗作即便就世界范围而言也仅属于……凤毛麟角。因此无论何时对于诗坛成果都不……觉有太高期望，而应多一点耐心与理解。

这样，要说到下一个题目了："在今日中国，诗占据的位置"。我一贯……随赛闻，对此尚无判断，但较之所称的"反观中国诗坛，激不起波澜"，我倒立刻联想起了大约同是一本另脱小说的书名——"地下铁在行进中"，我想以此说明我隐约觉感受到的中国新诗坛可能的变化，我仿佛嗅到了一……

⑤

点儿这样的气息，使中国新诗创作可能正在修整、完善自己，让诗的触角向社会深层更贴近一些，汲取主题、灵感，更自觉地将自己的精神产品，推向"民族的精神火炬"这一崇高规范。

1997.1.22

诗人们只有自己起来救自己

●昌耀

人总难免说些蠢话，干些蠢事，如果此说犹可成立，那么智与愚又是什么意思？因为即便是"北山愚公"那样的智者也曾广被时人嘲笑，被后世愚弄。那么成功者才是聪明的了。须知有位年少无知而草率鲁莽的发明家其选事就在咱们小学生课本明白记着而被当作"大智若愚"的范例。如此，有关智与愚的表态还是宜于持谨慎态度"三缄其口"，然则这一主张本身美不同样有大谨慎、明智？

真意糊涂，好容易有了一种认识的飞跃，上升为理论，并觉其精确坚确之至，绝对无懈可击，何以一旦形诸语言其所涵容忧又明显留有疏漏不可自圆？人的思考是多么可怜可思，总是命该以己之矛攻己之盾，总是命该优柔寡断，无怪哈姆雷特王子要说"是死是活还是一个问题"。

好了，教训已经够多、够惨，但我好长岁月依旧难得救猾，学知为出版事就一再轻信、盲从、盲听，贻误时机，直到几天前才豁然然，才重又记起绝妙的诗句"从来就没有什么救世主"，诗人们只有自己起来

救自己!

好了（又是一个"好了"），一遍穷聊，现在该是"因穷而亡首见"了，——我诚望此举不该被解释成诗人已到穷途末路，不，我诚望我的慨叹，吁请以以我拟自救的诗集能够带给诸君某种意义的思考（或者美其名曰"审美震撼"）。那么，请那耐心读完我如下一则"书讯"

郡人昌耀，为拙著事预告读者：出版难。书稿屡试不验。现successful决心将《命运之书——昌耀四十年诗作精品》自费出版"编号本"以示自珍自爱自足（序号以收到定金先后排列，书于版权页并加盖戳记）。本"编年体"自选集收长短诗作近三百首并作者就艺术与生活及生平撰写的短论、信札约三十件，还兼收有诗评家评介文章多篇。大型开本，四百余页，内文小五号字体排。本书仅是为删答和音而编的一本资料集的纪念集。本书只拟印一本册，现已办理预约，每册收款十元，邮上钩者请迳告知通信处并将书款邮汇青海省文联昌耀（邮编810008）。

（载1993年11月6日《丽水青年报》）
《丽水青年报》
浙江省丽水市中山街308号钟楼五楼
邮政编码：323000
责任编辑：雁平沙

中国作家协会青海分会

不慑蒙以顾虑（《淮南子·乏林训》）

学嶙不凌霄，则无以致天之云（冯瑢《抱朴子·广譬》）

△马思边草拳毛动，雕眄青云睡眼开
（刘禹锡《始闻秋风》）

大夫去其雄飞，生能匕睢伏（《古风诗·苦典诗》）

△涂之人可以为禹（《荀子·性恶》）

青日云衣兮白霓裳，举长矢兮射天狼（屈原《九歌·东君》）

瓠不瓠，瓠哉！瓠哉！（《论语·雍也》）

仁远于武？我欲仁，斯仁至矣（《论语·述而》）

道之行，乘桴浮沉于海（《论语·公治长》）

朝闻道，夕死可矣（《论语·里仁》）

精鹜八极，心游万仞（陆机《文赋》）

野夫怒见不平事，磨损胸中万古刀

（野夫，白话。唐刘叉《偶书》）

小传：

昌耀，本名王昌耀。湖南桃源人。1936年6月27日出生于常德市。1950年4月投考四野部队战军114师文工队。参加过朝鲜战事。1954年4月开始发表诗作。1955年夏由河北省荣军学校毕业，请赴青海参加大西北开发。1957年以小诗《林中试笛》打成右派，遭放黜。至1979年初始获平反，并重返青海省文联任职。

著作目录：

《昌耀抒情诗集》青海人民出版社 1986年
《昌耀抒情诗集》（增订本）青海人民出版社 1988年
《命运之书：昌耀四十年诗作精品》青海人民出版社 1994年
《一个挑战的旅行者步行在上帝的沙盘》敦煌文艺出版社 1996年
《昌耀的诗》人民文学出版社 1998年

此次寄照片五张。

上次（1月6日）寄照片四张。

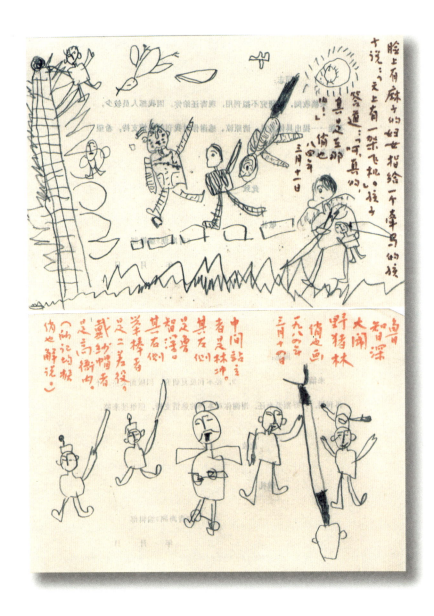

脸上有麻子的妇女指给一个牵马的孩

十说：“天上有一架飞机。”孩子

答道：“呵，真的

真是那

偷她

八四年

三月十二日

曹知智深

野猪林

大闹

偷她画

一九八四年

三月十四日

中间站主

者是林冲。

其左侧

是曹

其右侧智深。

举棒者

是二差役，

戴

帽者

是高衙内。

（偷记的枫

偷她解说。）

132

母亲揪住儿子的耳朵，儿子将另一个孩子用脚绊倒。倩也五八。三月十三日

站在诗的立场，我以为一切为人类美好前景不断奋力开拓新境界的人们在本质上都属于诗人。这样的诗世都是诗的精神的最新凝聚，因而是美的。我是以此怀着温馨的感情注视着我们同代人更美生活、更纯羊艺术、更羊人类本身的努力。

上文摘自拙作《诗的礼赞》。
谨以此题赠

青海省会演剧社青年朋友

昌耀

昌耀抒情诗集

嘤其鸣矣

雨田君远自蜀中绵阳觅购
拙著诗集，并嘱作者题词，
感其盛情而想起《诗经》有
"嘤鸣"句，遂抄录如上以
为酬答。

　　　　　　昌耀
　　　　　　1986年
　　　　　　　7.6

此集省内业售空，我
仅存有数册"资料本"。
此为我亲自售出的第
一本，也当是我亲自售出的
最后一本。
怅惘，怅惘！

青海人民出版社

与马丁书
——《颂辞与挽歌》代序

昌耀

初晤马丁是在当年他筹划书新郎的小屋。那天，我从青海出版社出来，他在前院热情却又矜持中邀我到他寓所去，让我坐进了他为自己那个吉庆的日子购进的沙发，递给我的一方纸，是一首书赠我的短诗。于是得知他是毕业于民族学院的撒拉族青年诗人、社内编辑（此再次晤面时我们已成了同在一座楼层办公的同事、前一段缘份，却有他住责编的一本《中年诗选》）。同说前是我才晓得他在一个楼通庭家的近邻，马丁在其诗中一再提及的"前定"吧（"信"是一位虔诚信敬的穆斯林）。光阴似箭，日月如梭，是伊斯兰教六大信仰要素之一，马丁催我完稿，则至今的校月样张，马丁忽把来他的诗集《颂辞与挽歌》以句语。我自信诗情他即为那不进仍是给寄我分灵感、冲动，即使有山分倦怠，即为朋友相比，我倒是觉得愈应该常诵的应序言，与那些文思"进来人"是"言体，"无话可说"。——才情不是，无能远从这一文体，
"恐慌症"

风景：涉水者

雨后的风景线
有多少淋漓的风景。

可也无人察觉那个涉水的
男子，探步于河心的湍流，
忽有了一闪念的动摇。

听不到内心的这一声长叹。
人们只看到那个涉水男子
静静地涉过溪川
向着远方静静地走去，
在雨后的风景线消失。
静静的。

只觉得夕阳下的溪川
因这男子的涉足而陡增几分
妩媚。

1982.4.12

所思：在西部高原

西部的山。那人儿
听见霜寒里留有岁月嗡嗡不绝的
钟鸣。太寂寞。

是谁在空中作语：
——啊，世俗的光阴走得好慢！
我似乎觉得
高车部自漠北拓荒西来尚是昨天的事，
汉将军班超与三十六吏士的口碑
也还依然一路风闻，
可你们后来者
还听得敦煌郡献歌伎女反手弹琵琶吗？
太寂寞。
凌晨七时的野岭
独有一辆吉普往前驱驰。
　　——远方
　　黄沙丘
　　亮似黄昏。

1982.7

在山谷：乡途

在山谷，倾听薄暮如缕的
细语。激动得颤栗了。为着
这柔情，因之风里雨里
有宁可老死于乡途的
黄牛。

感觉到天野之极，辉煌的幕屏
游牧民的半轮纯金之弓弩快将燃没，
而我如醉的腿脚也愈来愈沉重了：
走向山谷深处——松林间
似有簌簌羽翼剪越溪流境空，
追逐而过：是一群正在梦中飞行的
孩子？……

前方灶头
有我的黄铜茶炊。

1982.8.14

纪　历

默悼着。是月黑的峡中
峭石群所幽幽燃起的肃穆。
是肃穆如青铜柱般之默悼。

　　　劲草……
　　　风声……雨声……
　　　风雨声……

马的影子随夜气膨胀。
大山浮动……牛皮靴
吸牢在一片秘密的沼泽。
——是了无讯息的
默悼。

黎明的高崖，最早
有一驮夫
朝向东方顶礼。

1982.8.17

驿途：落日在望

大漠落日：
是日神之揖别。

这片原野，马兰草的幽香里
有他紫色的流苏。

无限慷慨。拱手相让，——
天涯的独轮车只剩半轮金环了。

亚细亚大漠
一峰连夜兼程的骆驼。

1983.3.17 初稿

印象：龙羊峡水电站工程

高岸，那些拥塞的屋顶

吹动如一片钟。

我不是为寻找古迹而来。

我不是为寻找神话而来。

小花在车辙旁悄声地开。

我想为那些从小花旁远逝的人

唱起先行者之歌。

但在两条印支期花岗闪长岩断裂带之间，

在被开拓的河床，

在河床博深的岩基，

他们如豆的石光电火

已经燃烧了好几个隆冬。

我不是朝圣者，

但有着朝圣者的虔诚。

你看：从东方栈桥，

中国的猎装

升起了梦一样的

笑容。

1983.3.12 植树节写毕

背水女

从黝黑的堤岸，
直达炊火流动的高路，
背水女们的长队列高路一样崎岖。
　　——自古就是如此啊！

木驮桶，作黝黑的偶像，
高踞在少壮女子微微撅起的腰臀，
且以金泉水撩拨她们金子般的心怀。
　　——自古就是如此啊！

不错，为雪山神女座所护卫的草原
是宽厚的。背水女的心怀是宽厚的。
　　——火光后，远古部落

引弓的雄强丈夫们，
也曾是如此肃然地鹄望着自己的崇拜者
以母亲与妻女之爱
负重而来？……

响动着银佩饰——
是自古就如此啊！

1983.5.12—11.25

放牧的多罗姆女神

那么，我将分享你冰山台阶积雪的清芬。
我将逐年默诵你飘挂在牛角的诗教。

呵，无上之美。你无坚不克，无往不利——
你原是以娇嗔的繁花披作甲胄，披作旗帜，
　披作剑锷，
人和马、和山岳、和故乡的荣名合而如一。
歌舞在为你而祝颂。
手持石纺轮的搓线女们在为你而祝颂。
少年的一匹高脚蚱蜢拉起牧童车。
歌舞在为你而祝颂。

而我将长远追随在你绿海上漂泊的帐幕，
以山之盟誓铸一黄金锚。

第三只眼睛在你眉间启开：青春
因你美目之顾眄而有了如歌的节奏。

1983.6—10

昌耀的书信

福建
宁德县粮食复制品厂
宋 瑜 同志
中国作家协会青海分会

宋瑜同志：

您好！

来信及诗稿均收到。⋯⋯

此致
敬礼！

昌耀
1985.5.27

3 5 0 0 0 2

福建 福州
西洪路 凤凰池
福建省文联
宋 瑜 先生

青海省文学艺术界联合会

诗人们只有自己起来救自己

昌耀

人总难免说些蠢话、干些蠢事，如果此说犹可成立，那么智与愚又是什么意思？因为即便是"北山愚公"那样的智者也曾广被时人嘲笑、被后世愚弄。那么成功者才是聪明的了，须知有位年少无知祸宫嗫蕺的发明家其选事就在咱们小学生课本明白记着而被当作"大智若愚"的范例。如此，有关智与愚的表态还是宜于持谨慎态度"三缄其口"，然则这一主张本身真不同样有欠谨慎、明智！

真感慨：好吞噬有了一种认识的飞跃，上升为理论，并觉其精确坚硬之至，绝对无懈可击，何以一旦形诸语言其所涵容悦义明显留有疏漏不可自圆？人的思考是多么急从、盲从、育听，贻误时机，直到几天前才警然，才重又记起鲍狄埃的诗句"从来就没有什么救世主"，诗人们只有自己起来救自己！

好了（又是一个"好了"），一通穷聊，现在该是"图穷而匕首见"了，——我诚望此举不该被解释使诗人已到穷途末路，不，我渴望我的惯叹、呼请以及我抵自散的诗意能邮寄给诸君某种意义的思考（或者美其名曰"审美震撼"）。那么，请再耐心读完我如下一则"书讯"（如蒙本报编者见允）：

鄙人昌耀，为推著系预告读者：出版商。书稿晨试不验。现我决心将《命运之书——昌耀四十年诗作精品》自费出版"编号本"，以示自珍与重自爱自足（序号以收到定金先后排列，书于版权页并加盖鄙记），本"编年体"，自选集收长短诗作近三百首并作者艺术与生活及生平溯写的短论、信札的三十件，还兼收有诗评家评介文章若干篇。大型开本，四百余页，内文小五号字连排。本书仅是为顾答知有而编辑的一本资料篆斓的纪念集。本书只印一千册，现已办理预约，每册收款十元，愿上钩四者请遵告知通信处并将书款邮汇青海省文联昌耀（邮编810008）。

一九九三年七月十三日

宋瑜先生：

逆好！
一直得到您的关心深感温热。宋琳先生仍至上海执教
么？近来不曾得到他的消息，便时请代致候。我的心
境可从这诗章里的材料见出一斑。我总想着答谢我的
诗人潮友们，然而总未能，于今我还能取这种方式。我
谨望通过您得到更多青朋友们的理解。

昌耀 93.

乌鲁木齐

新疆自治区文联

文艺理论研究室

浩　明　同志

中国作家协会青海分会

致读者的话

一本书的出版历时约两年，在当今一些能人看来，可能传为笑谈，因为——那不过是"小菜一碟"何至于如此劳神。对于我来说，却是颇费业业的春干。我不妨略略说及这中间的门道：先是"奋起"——公开征集读者，然后是奔走于意识形态主管部门，求得肯长鼎力协助，然后是跑出版社，写"保证书"，鉴定"包销合同"。然是跑排版车间、校对科、印制科、发行科，等等，一环套一环，每一环节都要亲自到并见出成效，不然会在一些关键环节"卡脖子"，日子就无限延搁了。若以这些时间与精力用于小说制作，没准已写出一部长篇。现在好了，总可以轻松地向大家说一声"谢谢众多朋友的支持，雪山草地都已走过来。毕竟胜利抵达长征终点。"

旷日持久的折腾，让我感到一些疲惫。鉴于此，我原打算搞的"缩号本"也放弃了。——此间原无此先例，岐准难弟。就未再坚持缩号了，请朋友们多多谅察。

凡邮购本书的朋友，我均以每册十元收费（含邮挂费），我略占了读者朋友一点便宜，特加说明。

借此权舆，我还要向读者朋友作一广告：拙著《命运之书》尚有五百册可售，欲购的朋友们可于近期直接向我邮购。每册十元，请邮汇"青海省文联 昌耀"。印政编码：810008

望不吝赐教。

昌 耀
1994年8月25日

松棠先生：

复印款5元退还。仍旧是那一张。所需资料山在书中。

恕复迟。谢。

昌耀
8·30

书于31日挂号寄出

雪 乡

那时，冰花在孕育。
桃红也同时在孕育。

不要偷觑：深山
有一个自古不曾撒网的湖。
湖面以银光镀满鱼的图形。

山顶有一个披戴紫外光的民族：
——有我之伊人。

1983.6.28—10.8

边关：24 部灯

一座规模恢宏的体育馆、一座全新的儿童公园、一座前所未有的铁塔——24 部灯，构成了 80 年代初古城西宁的骄傲。市民、旅行者、从草原来的游牧族宾客都以"去西门口"一游为乐。

正是矗立在这繁华区中心的高层建筑——24 部灯——唤起了我的灵感。多么美：金属与玻璃。菌盖般膨起，浮在半空……

我曾经问一位远方来访的诗人可曾注意到当时尚在施工中的这座建筑。他说："那不是伞塔吗？"我笑了："不，那是灯的塔。是我们的——24 部灯！"

1

边关。

旷古未闻的一幢钢铁树直矗天宇宏观的星海。

——树冠下的那些栖鸟是 24 部灯吗！

日落。渐次转暗的大地因这些鸟儿生发之皓

　光忽地又亮了。

2

我们云集广场。

我们的少年在华美如茵的草坪上款款步。

看不出我们是谁的后裔了？

我们的先人或是戍卒。或是边民。或是刑徒

或是歌女。或是行商贾客。或是公子王孙。

但我们毕竟是我们自己。

我们都是如此英俊。

啊，这些额头。

激动地笑着的牙齿。

这些注目礼。……通通是为了我们新建的

24 部灯吗？

3

追求者说 : 高高地

在那个半球体平面

按照莲子排列的 24 部灯

是给我们带来了生机的 24 个时辰之象征。

是 24 朵金花。

是 24 只金杯。

4

我也是追求者。

当初，我原极为庄重地研究了这一幕：

自始至终目睹施工队的艺术家们

从他们浇筑的基坑竖起三根鼎足而立的

钢管。看见一个男了攀援而上

将一根钢管衔接在榫头。看见一个女子

沿着钢管攀援而上，将一根钢管

衔接在另一根榫头。

他们坚定地将大地的触角一节一节引向高空。

高处是晴岚。是白炽的云朵。是飘摇的天。

——看得到太平洋的帆吗？

那时，我才第一次打听到这振奋人心的

24 部灯。

5

进城来观光的牧羊女，

你将耳坠悄悄摘下了藏起，

又将藏起的耳坠悄悄取出戴上，

最终是意识到了这样的银饰与这样的 24 部灯，

相映在这样的夜里也是和谐的、是般配的吗？

亮闪闪的耳坠。

亮闪闪的 24 部灯。

6

但我怎么会从 24 部灯想到昆虫腹下的

24 块发声板呢？怎么会想到唱歌的蝉？

我想到了歌王——

24 部灯。

7

而我感到自己是一滴水了。

感到晕眩。感到在荡漾。在流动。

啊，河流！

这是河流：两条雄阔而充满自信、自尊的

人的河流在此交汇，又奔向遥远。

我注意到有一部涂有"H省登山协会"标志的

船，将驶向阿尼玛卿雪山。

那座圣山的冰滴是通向黄河之舟的。

是通向太平洋的。

确信从后面照亮我们的高树

必是24部灯……

1983.8—10

荒漠与晨光

我原是后面的一个，

役使两头白额牦牛挽动犁车并辔齐驱。

驭手们呼叫着，抢先冲向荒漠。

被露水打湿的女工们提起曳地的长裾，

在道旁任性地大笑，而我们

只肯直逼荒漠那头最是羞红的一张笑脸，

见她将绮丽的视线蓦然锁闭在远方的

岬角般伸出的山阜……

美哟，你远方漠野

散射的晨光！

1983.11.29 改旧作

高大坂

高大坂的云杉和香柏呵，
还记得自己的伐木者吗？
而我永远记得黎明时看到的那只野山羊，
小蹄子行走在挂霜的树干，一声声
剥啄，是山魈之心悸。

——是高山的老者
教会我在冰原上播种，在雪地收割，
教会我燃取腐殖土取暖。
而黑河的那些发光的鹅卵石
曾多次在我的马腹下伴我泅渡啊，
那样的灯光……我也是记得的。

1983.12.23 改旧作

有关昌耀的书籍

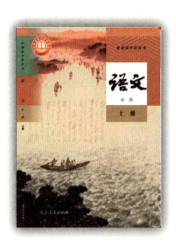

目 录

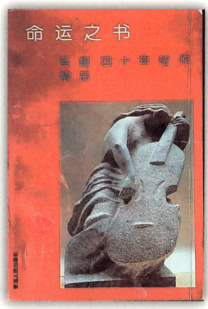

扫 码 听 诗

河 床

(《青藏高原的形体》之一)

我从白头的巴颜喀拉走下。

白头的雪豹默默卧在鹰的城堡，目送我走向远方。

但我更是值得骄傲的一个。

我老远就听到了唐古特人的那些马车。

我轻轻地笑着，并不出声。

我让那些早早上路的马车，沿着我的堤坡，鱼贯而行。

那些马车响着刮木，像奏着迎神的喇叭，登上了我的胸脯。

轮子跳动在我鼓囊囊的肌块。

那些裹着冬装的唐古特车夫也伴着他们的辕马谨小慎微
　　地举步，随时准备拽紧握在他们手心的刹绳。

他们说我是巨人般躺倒的河床。

他们说我是巨人般屹立的河床。

是的，我从白头的巴颜喀拉走下。我是滋润的河床。我
　　是枯干的河床。我是浩荡的河床。

我的令名如雷贯耳。

我坚实宽厚、壮阔。我是发育完备的雄性美。

我创造。我须臾不停地

向东方大海排泄我那不竭的精力。

我刺肤文身，让精心显示的那些图形可被仰观而不可近狎。

我喜欢向霜风透露我体魄之多毛。

我让万山洞开，好叫钟情的众水投入我博爱的襟怀。

我是父亲。

我爱听兀鹰长唳。他有少年的声带。他的目光有少女的

　　媚眼。他的翼轮双展之舞可让血流沸腾。

我称誉在我隘口的深雪潜伏达旦的那个猎人。

也同等地欣赏那头三条腿的母狼。她在长夏的每一次黄

　　昏都要从我的阴影跛向天边的彤云。

也永远怀念你们——消逝了的黄河象。

我在每一个瞬间都同时看到你们。

我在每一个瞬间都表现为大千众相。

我是屈曲的峰峦。是下陷的断层。是切开的地峡。

是眩晕的飓风。

是纵的河床。是横的河床。是总谱的主旋律。

我一身织锦，一身珠宝，一身黄金。

我张弛如弓。我拓荒千里。

我是时间，是古迹。是宇宙洪荒的一片腭骨化石。是始皇帝。
我是排列成阵的帆樯。是广场。是通都大邑。是展开的
　　景观。是不可测度的深渊。
是结构力，是驰道。是不可克的球门。

我把龙的形象重新推上世界的前台。

而现在我仍转向你们白头的巴颜喀拉。
你们的马车已满载昆山之玉，走向归程。
你们的麦种在农妇的胝掌准时地亮了。
你们的团栾月正从我的脐蒂升起。

我答应过你们，我说潮汛即刻到来，
而潮汛已经到来……

1984.3.22—4.20

巨 灵

西部的城。西关桥上。一年年

我看着南川河夏日里体态丰盈肥硕，

而秋后复归清瘦萧索。

在我倾心的关塞有一撮不化的白雪，

那却是祁连山高洁的冰峰。

被迫西征的大月氏人曾在那里支起游荡的穹庐。

我已几次食言推迟我的访问。

日久，阿力克雪原的大风

可还记得我年幼的飘发？

其实我何曾离开过那条山脉，

在收获铜石、稞麦与雄麝之宝的梦里

我永远是新垦地的一个磨镰人。

古战场从我身后加速退去

故人多半望我笑而不语。

请问：这土地谁爱得最深？

多情者额头的万仞沟壑正逐年加宽。

孩子笑我下颏已生出几枝棘手的白刺。

我将是古史的回声。

是逸漏于土壤的铁质。是这钙、这磷……
但巨灵时时召唤人们不要凝固僵滞麻木：
美的"黄金分割"从常变中悟得，
生命自"对称性破缺"中走来。

照耀吧，红缎子覆盖的接天旷原，
在你黄河神的圣殿，是巨灵的手
创造了这些被膜拜的饕餮兽、凤鸟、夔龙……
惟化育了故国神明的卵壳配享如许的尊崇。

我攀登愈高，发觉中途岛离我愈近。
视平线远了，而近海已毕现于陆棚。
宇宙之辉煌恒有与我共振的频率。
能不感受到那一大摇撼？

总要坐卧不宁。
我们从殷墟的龟甲察看一次古老的日食。
我们从圣贤的典籍搜寻湮塞的古河。
我们不断在历史中校准历史。
我们在历史中不断变作历史。
我们得以领略其全部悲壮的使命感
是巨灵的召唤。

没有后悔。

直到最后一分钟。

1984.9.9

扫 码 听 诗

斯 人

静极——谁的叹嘘？

密西西比河此刻风雨，在那边攀缘而走。
地球这壁，一人无语独坐。

1985.5.31

扫 码 听 诗

达坂雪霁远眺

雪霁之后。排空的白玉版
节奏琳琅琮琤，御风徐徐
东下。是弥天驱驰的白玉版。
红衣海客目击晴雪之豪华
是排空万里浩荡东下的白玉版。

渐趋旷远：犷悍遨游，野牦牛
碰撞的黑脊背与云影碰撞在沟壑茂草的枯黄。

1986.10.24 自祁连归

扫 码 听 诗

一百头雄牛

1

一百头雄牛噌噌的步武。

一个时代上升的摩擦。

彤云垂天，火红的帷幕，血洒一样悲壮。

2

犄角扬起，

遗世而独立。

犄角扬起，

一百头雄牛，一百九十九只犄角。

一百头雄牛扬起一百九十九种威猛。

立起在垂天彤云飞行的牛角砦堡。

号手握持那一只折断的犄角

而呼呜呜……

血酒一样悲壮。

3

一百头雄牛低悬的睾丸阴囊投影大地。
一百头雄牛低悬的睾丸阴囊垂布天宇。
午夜，一百种雄性荷尔蒙穆穆地渗透了泥土，
血酒一样悲壮。

1986.3.27

扫 码 听 诗

唯谁孤寂

唯谁孤寂？

我招来雄鸡在我阳台巢栖，

听热血以时呼唤清如烟燧。

我间日去到阳台斩断自己的胡须，

将其剁作肥田粉末投进花盆。

我燃烧眼泪如同夜明珠

却常常是对于人格的祭祀。

不是每一瞬笑容都为献与。

诗人不是职业。而鸡鸣喈喈。

1989.12.21

远离都市

远离都市，车夫的马车在流澌的河道颠踬驱使。
水流抹平马腹，有人惦记水寒伤马骨。
北方的原野广袤无垠，伶仃的马肢
在马铃散落中措动节肢，步态安适。
忧戚的眼神掉在忧戚的河道，天边长出
蜷曲的鬣毛。

1989.12.30

在古原骑车旅行

潜在的痛觉常是历史的悲凉。

然而承认历史远比面对未来轻松。

理解今人远比追悼古人痛楚。

在古原骑车旅行我记起过许多优秀的死者。

我不语。但信沉默是一杯独富滋补的饮料。

1990.1.24

一片芳草

我们商定不触痛往事，

只作寒暄。只赏芳草。

因此其余都是遗迹。

时光不再变作花粉。

飞蛾不必点燃烛泪。

无须阳关寻度。

没有饿马摇铃。

属于即刻

唯是一片芳草无穷碧。

其余都是故道。

其余都是乡井。

1990.2.7

雪

大雪的日子不过是平凡的日子。

大地转动如纺轮不过是纺着些绵薄的雪花。

雪地葱白不过是雪的葱白。

雪地寒峭不过是雪的寒峭。

四月十一日大雪的日子鸟儿哪里去了？

没有一声鸟鸣的日子是空空如也的日子。

雪风长驱也不过是风之长驱。

雪人啼号也不过是人之啼号。

1990.4.11 晨记

秋 客

厉风刺马耳

马车夫听风又是秋了

茫茫原野还是行走着三套马车

博大的寂寞在每一声秋里扩散

虚无正如初始

一层黄沙落

两层黄沙落

三层黄沙落

慷慨总还是马车夫的慷慨

对秋扼腕只余风前的秋客

1991.8.27

踏春去来

想起春天呜咽的芦梗像是翠生生的指关
　　节。
我深知从芦梗唇间吹奏的呜咽是古已有之
　　的呜咽。
因此快些进入秋天吧。那时秋之芦梗将是
　　成熟的了。

已经饱受生命之苦乐的芦梗将无惧霜风
而视死如归。只有春天的不幸最可哀矜。
因此快些进入秋天吧，对于一切侵凌秋是
　　解毒剂。

1993.7.27

薄曙：沉重之后的轻松

薄曙之来予我三重意境：

步行者橐橐迫近的步履。

苇荡一轮惊鸟戛然横空。

漫不经心几响犬吠远如疏星寥落。

焦灼的日子留下焦灼的烙印，

一瞬黎明给予我清凉的油膏。

1993.8.28

享受鹰翔时的快感

痛快的时刻，一个烤焦的影子

从自己的衣饰脱身翱翔空际。

我，经常干着这样的把戏，

巧妙地沿着林海穿梭飞行。

奇怪，每一株树冠顶端必置放一只花盆。

我感觉自己是一只蹲伏在花盆的鹰。

我不想为自己的变形狡辩：这是瞬间逃亡。

永远的逃亡会加倍痛快，而这纯属猜想。

须知既已永远而去谁又曾回来复述其乐？

只有这一次我听到晨报登载一条惊人消息，

说是昨夜人们看到诗人只身翱翔在南疆天宇。

我怀着一个坏孩子的快乐佯装什么也不曾得知。

1994.3.29

扫 码 听 诗

菊

焚烧的炎夏终于退出靛蓝的土地，
失意的心境又在谨守乍凉的孟秋。
一种感觉打从短袖薄衫肃然长吁：
如今我尽已荣享时光赐予的居所。

月光匝地好似垂首冥想的琴师心有所动，
猛一甩发在钢琴键盘按下一段盈盈乐思。
此后是朦胧的背景托起紫水晶般的花朵，
一如仙子轧动的车辐放射出金橘的断面。

平生偏喜铜琶铁板向往草莽中的蓝精灵，
理想的色彩情感的投影涂满着许多幻觉，
爱的沉疴积久难愈自此决然病入膏肓，
唯恐时光不再，我赤足迎向你的宝座。

1994.8.15

意义的求索

疏离意义者，必被意义无情地疏离。

嘲讽崇高者，敢情是匹夫之勇再加猥琐之心。

时光容或堕落百次千次，但是人的范式

如明镜蒙尘只容擦拭而断无更改。

可见万园之园在不远的过去惨遭外盗火刑侮慢，

帝宫废墟伶仃的柱础概以国难而具奠祭之品格。

灵魂的自赎正从刚健有为开始。

不是教化，而是严峻了的现实。

我在这一基准确立我的内容决定形式论。

我在这一自信确立我的精神超绝物质论。

时值己亥年正月初二早晨我见户外漫地新雪。

再三感动。我投向雪朝而口诵洁白之所蕴含。

1995.2.1 雪朝于西宁

感受白色羊时的一刻

感受白色羊时的一刻
音符与旋律驱动将黑夜荡涤漂卷。
倦意全然扫却，顿觉心底多日之苦索
瞬间丰满成形，眼前豁然开朗洞明。

湿润的沙梁重又复现雉鸟羽翎之图瓣。
荒瘦的草原犹自漫不经意在秋气里抖擞叶枝。
天路纵驰。翼轮阑干。梦影华滋。
你是众行者中朝着天路一端谨行赶路的白色羊。

弹性的尾臀左右扭动四蹄稳健铿铿作声，
沿着箭直的天路朝前一路孤独踏向浩瀚，
你是初阳透射中睿智精警的一团粉红。
你是一只信守沉思的白色羊。

危机与肉欲四伏的天底，行者众中
智勇无双一只白色羊沉思着匆行在萧萧路途。
而我同时听到灵魂的乐音涌流滔滔无止。
当惊叫孤独的白色羊我正体悟一场既定的历险。

1995.9.23

扫 码 听 诗

噩的结构

每于不意中陡见陋室窗帷一角

无端升起蓝烟一缕，像神秘的手臂

予我灾变在即似的巨大骇异，毛骨悚然。

而当定睛注目：窗依然是窗，帷依然是帷。

天下太平无事。

噩的结构正是如此先验地存在，

以狰狞之美隐喻人性对自身时时地拯救，

而成为时时可被欣赏的是非善恶。

我的因感错愕而生的怒气如此短暂，

以至我更推重一场虚惊后的快慰：珍惜生活！

1996.11.27

扫 码 听 诗

一十一支红玫瑰

一位滨海女子飞往北漠看望一位垂死的长者，
临别将一束火红的玫瑰赠给这位不幸的朋友。

姑娘啊，火红的一束玫瑰为何端只一十一支，
姑娘说，这象征我对你的敬重原是一心一意。

一天过后长者的病情骤然恶化，
刁滑的死神不给猎物片刻喘息。

姑娘姑娘自你走后我就觉出求生无望，
何况死神说只要听话他就会给我安息。

我的朋友啊我的朋友你可要千万挺住，
我临别不是说嘱咐你的一切绝对真实？

姑娘姑娘我每存活一分钟都万分痛苦，
何况死神说只要听话他就会给我长眠。

我的朋友啊我的朋友你可要千万挺住，

你应该明白你在我们眼中的重要位置。

姑娘姑娘我随时都将可能不告而辞，

何况死神说他待我也不是二意三心。

三天过后一十一支玫瑰全部垂首默立，

一位滨海女子为北漠长者在悄声饮泣。

2000.3.15 于病榻

昌耀的物品用品

昌　耀

男子・百姓・行脚僧・诗人

CHANG　YAO

A Manly Man. A Common Person.
An Itinerant Monk. A Poet.

通讯地址:中国　青海　西宁　青海省文联
邮政编码:810008　　电话:(0971) 8239087

姓 名	昌　耀	性别	男
出生年月	1936.6		
民 族	汉	籍贯	湖南
职 务	干部		
工作单位	青海省文联		
地 址	西宁市五●西路13		
电 话			

1997 年 5 月 5 日

青文联字第 49 号

注 意 事 项

1. 本证系证明本人工作身份之用，不作其他用途。
2. 本证应妥为保存，不得涂改、抵押或转借他人。如有遗失损坏,应即报告工作单位声明作废，待调查确实后,始得补发。
3. 调动或离职时,应将**本证**缴还原工作单位。
4. 本证加盖公章为效。

证　书

昌耀先生的作品《昌耀随笔》在本
刊举办的评选活动中，荣获'96昌达杯
人民文学奖。

特颁此证，以资存念。

《人民文学》杂志社
1997年4月

证　书

王昌耀同志：

　　为了表彰您为发展我国
文化艺术事业做出的突
出贡献，特决定从九三年X月
起发给政府特殊津贴和津贴
证书。

青海省文艺工作者荣誉证书

王昌耀同志长期从事文艺工作，为青海高原社会主义文艺事业的繁荣发展作出了贡献，特授予荣誉证书，以资鼓励。

青海省人民政府

兹聘诗昌耀眠为首届"西州诗歌"全国影诗大赛评委

《西州诗歌》艺术中心
1990.5.1

PRAXAIR 中美合资
北京普莱克斯实用气体有限公司

王 红 新

计算机程序员
助理工程师

中国·北京
地址：朝阳区大郊亭   电话：7715544-453
邮编：100022   传真：7714768
   电挂：8566

石光华

《足球大世界》常务副主编

地址：成都市四圣祠南街53号   邮编：610017
电话：6614719   6741522(办)   传呼：127-0115834
手机：9048062   传真：(028)6756738

韓 作 榮

64297290（宅）

就职单位：北京市农展馆南里10號人民文學雜志社
電話：500·5588-2502   郵政編屬：100026

林 染 副编审

中国作家协会会员
甘肃作家协会理事
甘肃钱币学会理事

通信地址：甘肃省酒泉地区《阳关》杂志社
邮政编码：735000   电话：(0937)2613440

詩 人
砂勝越華文作家協會會長

吳岸
Wu An

4. Taman Bahagia. Jalan Stampin. 93350 Kuching.
Sarawak. Malaysia
P.O. Box 1606. 93732 Kuching. Sarawak. Malaysia.
Tel: 082-246433 (O), 082-429037 (R)
Fax: .082-248060

李 順 驊 高級經濟師
Li Shun Hua   Senior Economist

深圳市地方税務局涉外税管理處
SHENZHEN LOCAL TAX BUREAU FOREIGN NATIONALS
TAX MANAGEMENT OFFICE

深圳市松園路十一號   郵屬 Postcode：518001
No. 11 Songyuan Road, Shenzhen
手提Radio：9009116   傳呼Pager：2288888-218

中华人民共和国   社会管理司副司长
广播电影电视部   **CRFTM**

李 克 寒

中国·北京   电话：66093255(办)
复兴门外大街2号   BP：65193188 呼 3605
邮政编码：100866   传真：66093924

中國作家協會會員
《詩刊》編委
詩刊社第二編輯室主任

朱 先 樹 編審

地址：北京農展館南里十號   電話：(010)65005588-2506
郵编，100026   宅電，(010)64265439
   傳真，(010)65002969

昌耀简明年谱①

张光昕 编

昌耀，本名王昌耀，祖籍湖南省常德市桃源县三阳港镇王家坪村（今红岩岜村）。

1936 年　出生

6 月 27 日　昌耀出生于湖南省常德县城关大西门内育婴街 17 号。

父亲：王其桂，先后就读于北京弘达中学和延安抗日军政大学。据《桃源县志·党派群团·共产党》记载，1939 年"3 月，在延安抗日军政大学第四期学习的桃源籍学员王其桂、姚中雄等共产党员回县，建立中共桃源特别支部，王其桂任书记，有党员 11 名。"约 1940 年之后，参加抗日的国民党整编师，从事文书工作。1941 年，回桃源乡下修建"金城湾别宅"。1947 年初，入豫皖苏边区的"豫东军分区"任作战参谋。同年夏天，因赌气独自跑回桃源老家，被认为是"叛变革命"。1949 年在桃源县城家中开设图书阅览室。

---

① 该简明年谱主要依据燎原出版于 2008 年的著作《昌耀评传》而编订，旨在为读者勾勒出一个昌耀生平和创作的基本梗概，在此特向燎原先生表示感谢。作品部分基本参考了《昌耀诗文总集》中提供的篇目和相关写作信息。

1950 年，在"土改运动"中接受批斗。1951 年初，到北京的五弟王其榘处避难，在后者的规劝下，前往北京市公安局自首，被判两年徒刑，送往天津芦台清河农场进行劳动改造。1953 年刑满后，以就业人员身份被安排进清河农场，同时获得公民权。1955 年调往黑龙江省密山县兴凯湖农场垦荒，负责测量和统计等工作。1967 年，在兴凯湖坠船身亡。

母亲：吴先誉，毕业于湖南常德女子职业学校。王其桂在外的时日，昌耀及其弟妹在母亲身边度过童年生活。王其桂逃往北京后，她代替丈夫接受抄家、批斗，后被"农会"关押在板仓。绝望之时，她将昌耀最小的妹妹托付给故乡一农妇。关押期间的折磨导致其精神崩溃，1951 年，她从家中 2 楼跳下，致残，后去世，享年 40 岁。2000 年 3 月，遵照昌耀生前立下的遗嘱，将他的骨灰运回桃源故里与母亲合葬一处。

1941 年　5 岁

昌耀入王家宗祠（后更名为尚忠小学）读初小。

1946 年　10 岁

昌耀入常德县隽新小学读高小。

1948 年　12 岁

昌耀从隽新小学毕业。因湖南临近"和平解放"，校舍暂作军营，无处升学。

1949 年　13 岁

秋　昌耀考入桃源县立中学。后又报考湘西军政干校，被录取。因夜里怕鬼不敢起夜而尿床，校方将其遣送回桃源县立中学。

1950 年　14 岁

4 月　昌耀瞒着家人报考中国人民解放军第 38 军 114 师政治部，被录取，入该师文工队。在部队准备开赴辽东边防的前几日，两个多月未见儿子的母亲，打听到昌耀所在部队驻扎的一处临街店铺的小阁楼，前去探望。昌耀来不及逃脱，只好躺在床铺上佯睡，任凭母亲呼唤却紧闭双眼装着"醒不来"。母亲为其摇蒲扇，不愿让儿子难堪而无声地离去，把蒲扇留在床头。这是昌耀与母亲最后一次见面。

春夏之际　昌耀随38军114师在湘西地区剿匪，随即北上。

7月　底昌耀在辽宁省铁岭第38军留守处政文大队学习。

1951年　15岁

昌耀随军赴朝作战。先后操演过军鼓、曼陀铃和二胡等乐器。其间两度回国参加文化培训。

1953年　17岁

6月　初昌耀在朝鲜元山前线遭轰炸机空袭，负伤。后被送回国内，入长春第18陆军医院治疗。诊断为"脑颅颞骨凹陷骨折"，《革命残废人员证》中的残废等级为"三等乙级"。

秋　昌耀进入河北保定的荣军学校学习。

该年发表的主要作品有：

《人桥》（写作日期不详）。

1954年　18岁

该年发表的主要作品有：

《你为什么这般倔强——献给朝鲜人民访华代表团》（写作日期不详）。

《我不回来了》（写作日期不详）。

《放出的尖刀》（写作日期不详）。

1955年　19岁

初夏　昌耀在河北荣军学校毕业。

6月　昌耀响应国家号召，赴青海西宁参加大西北开发建设，被分配到青海省贸易公司担任秘书。

该年创作的主要作品有：

《船，或工程脚手架》（1955年9月）。

《高原散诗》（1955年9月，青海）。

1956年　20岁

4月　昌耀加入中国作家协会西安分会。

6月　昌耀调入青海省文联任编辑，同时在《青海文艺》（后更名为《青海湖》）兼任创作员。

该年创作的主要作品有：

《鲁沙尔灯节速写》（1956年2月—3月，西宁）。

《山村夜话》（1956年5月27日）。

《鹰·雪·牧人》（1956年11月23日，兴海县阿曲乎草原）。

《弯弯山道》（1956年）。

1957年　21岁

8月　《青海湖》第8期刊登了昌耀的诗歌《林中试笛》（二首），遂被打成"右派"。该诗编者按称："这两首诗，反映作者的恶毒性阴险情绪，编辑部的绝大多数同志，认为它是毒草。鉴于在反右斗争中，毒草亦可起肥田的作用；因而把它发表出来，以便展开争鸣。"

8月16日　昌耀向单位递交辞职报告，后被以大字报的形式公布。

9月　《青海湖》1957年第9期上刊登署名秀山的批评文章《斥反动诗——"林中试笛"》。该文作者称："昌耀是恶霸地主家庭出身，他父亲已被劳改，他母亲在土改中畏罪自杀，残废后病死，昌耀对家庭被斗母亲死去，一直心怀不满，继续对党对人民怀恨在心。"

10月　《青海湖》1957年第10期上刊登署名裴然的批评文章《折断这只毒箭——批判"林中试笛"》，以及署名杨俊生的批评文章《"林中试笛"

试的是反社会主义的"笛"》。

11月20日　青海省文联整风领导小组就昌耀的"右派"定性问题，做出《结论材料》。在该结论中，昌耀被定为"一般右派分子，混入革命队伍的阶级异己分子"，并做出"送农业生产合作社监督劳动，以观后效"的决定。

该年创作的主要作品有：

《林中试笛（二首）》（1957年夏）。

《边城》（1957年7月25日）。

《月亮与少女》（1957年7月27日）。

《高车》（1957年7月30日初稿）。

《海翅》（1957年7月31日）。

《水鸟》（1957年8月20日—21日）。

《水色朦胧的黄河晨渡》（1957年）。

《寄语三章》（1957年10月28日—11月26日）。

《激流》（1957年11月19日）。

《群山》（1957年12月7日）。

《风景》（1957年12月21日）。

1958年　22岁

3月　昌耀由青海省文联办公室的专门人员陪送，下放到青海省湟源县日月乡下若约村劳动，劳动期限为3个月。昌耀被安排住在乡政府武装干事杨公保在下若约村的家中，参加当地生产劳动。

5月1日　昌耀因一时难以承担艰苦的劳动，屡次遭到下若约村村支书的嘲讽，二人矛盾逐渐尖锐。昌耀听从杨公保的建议，装病不出工，还在住处摆弄乐器，被村支书发现，并发生摩擦，后者即向有关上级做了汇报。当晚，湟源县公安局一辆吉普车将昌耀押解到县看守所，从此沦为囚徒，开始了艰苦的劳役生涯。

据昌耀回忆："1958年5月，我们一群囚徒从湟源看守所里拉出来驱往北山崖头开凿一座土方工程。"（昌耀《艰难之思》）这是湟源县一项重点水利工程，在枪支的监押下，昌耀与其他各类囚犯一起从事重体力劳动。

随后，昌耀作为看守所中"有文化的犯人"被选拔出来，送往西宁南滩的青海省第一劳教所的新生铸件厂学习钢铁冶炼技术。后被羁押到日月乡距下若约村以南不到8公里的哈拉库图村，作为"戴罪"的技术人员进行钢铁冶炼工作。

10月4日　湟源县人民法院对昌耀下达了"刑事判决书"。

判决书中称："查被告王昌耀，原在青海省文学艺术工作者联合会工作，该犯在解放后，思想一贯反动，仇视我党和社会主义制度，抗拒党对知识分子的改造，1957年整风运动中该犯又公开写反动文章（事实在卷），向党向社会主义进攻，不满党的反右斗争，1958年3月间将其送来本县下匿要（编者注：为"下若约"之笔误）农业合作社监督生产，该犯在此期间不但不悔改自新，反而说：'右派这个帽子对我太大了'，装病不参加劳动，并在群众中冒充其是下放干部。"

湟源县人民法院认为昌耀已构成犯罪，根据中华人民共和国管制反革命分子暂行办法，第三条，第六项，原第六条规定，判决昌耀"管制三年，送去劳教（自1958年5月1日起，至1961年4月29日止）。"

判决做出后，昌耀即被送往西宁市南滩，关押在寄设于新生木材厂内的青海省第一劳教所，同时从事劳动改造。

11月　昌耀被分到青海祁连山腹地的八宝农场夏塘台队。

1959年　23岁

我国遭遇所谓的"三年自然灾害"。

春　昌耀被调遣到牛心山后约30公里的铅锌矿为冶炼厂搬运矿石。

夏　因八宝农场冶炼计划失败，昌耀一行人从冶炼厂撤出，返回夏塘台农业队。

该年创作的主要作品有：

《哈拉库图人与钢铁》（1959年3月）。

1961 年　25 岁

年底　昌耀从八宝农场最西端的夏塘台队，转到位于农场场部附近的拉洞台一队。

该年创作的主要作品有：

《鼓与鼓手》（1961 年）。

《踏着蚀洞斑驳的岩原》（1961 年）。

《这是褐黄色的土地》（1961 年初稿）。

《荒甸》（1961 年）。

《筏子客》（1961 年夏初写；1981 年 9 月 2 日重写）。

《夜行在西部高原》（1961 年初稿）。

《凶年逸稿（在饥馑的年代）》（1961 年—1962 年，祁连山）。

1962 年　26 岁

湟源县人民法院意识到对昌耀的判决不当。在对该判决进行复审后又专门做了一个改正文书，称"原判不当，故予撤销"。

下半年起　昌耀开始针对自己的"右派"问题进行持续的申诉。在昌耀"管制三年、送去劳教"的期限已经到期，且湟源县法院又撤销了他们的错误判决后，青海省文联似乎对此毫不知情，竟然一直把昌耀当成一个"劳教分子"。直到 1979 年，全国所有"右派"的遗留问题都在彻底解决时，当时的"青海省革委会劳动教育工作委员会"，才收到省文联上报的"关于撤销王昌耀劳动教养的报告"，并做出"同意"的批复。

7—8 月　昌耀写出了一份两万多字的《甄别材料》。在这份材料中，他将自己的家庭背景、社会关系、个人经历、"反右"运动前后的细枝末节，以及运动中给他罗织的问题，这些问题的真假虚实、来龙去脉，逐一做出了说明。

9 月 23 日晚　昌耀在西宁南大街旅邸创作《夜谭》。该诗记录了诗人赶赴西宁递交《甄别材料》过程中的感念。

该年创作的主要作品有：

《我躺着。开拓我吧》（1962年2月）。

《晨兴：走向土地与牛》（1962年3月初稿）。

《水手长—渡船—我们》（1962年3月4日初稿）。

《猎户》（1962年3月5日—4月21日）。

《影子与我》（1962年5月15日）。

《八月，是一株金梧桐》（1962年8月1日）。

《峨日朵雪峰之侧》（1962年8月2日）。

《天空》（1962年8月6日初稿）。

《古老的要塞炮》（1962年8月6日）。

《良宵》（1962年9月14日，祁连山）。

《夜谭》（1962年9月23日夜12时，西宁南大街旅邸）。

《这虔诚的红衣僧人》（1962年10月13日—15日）。

《给我如水的丝竹》（1962年秋天）。

《断章》（1962年）。

《家族》（1962年10月19日初稿）。

《黑河》（1962年11月19日）。

《酿造麦酒的黄昏》（1962年11月26日）。

1963年　27岁

该年创作的主要作品有：

《柴达木》（1963年3月7日初稿）。

《草原初章》（1963年3月10日夜）。

《高原人的篝火》（1963年7月5日）。

《水手》（1963年7月13日）。

《红叶》（1963年11月6日）。

《栈道抒情——拟"阿哥与阿妹"》（1963年11月11日）。

1964 年　28 岁

该年创作的主要作品有：

《听涛》（1964 年 5 月 6 日）。

《行旅图》（1964 年 5 月 14 日）。

《碧玉》（1964 年 6 月 12 日）。

《祁连雪》（1964 年 11 月 11 日）。

1965 年　29 岁

昌耀前往湟源县日月乡下若约村杨公保家探望。在杨公保的促成下，与日月乡政府所在地的兔儿干村一女子定亲。翌年，对方提出悔婚。

该年创作的主要作品有：

《秋辞》（1965 年 9 月 14 日）。

1966 年　30 岁

"文革"开始。

1967 年　31 岁

元旦　八宝农场解散，昌耀迁往新哲农场。

8 月 15 日　昌耀的大伯王其梅在"文革"中被摧残致死。

该年杨公保收昌耀为义子。

该年创作的主要作品有：

《明月情绪》（1967 年 12 月 14 日）。

《海头》（1967 年 12 月 19 日）。

1969 年　33 岁

杨公保病逝。

昌耀调往直属于场部的"试验队"，每月比原先多供应一斤大米。

1973 年　37 岁

1 月 26 日　昌耀与杨公保的三女儿杨尕三结婚。

年底　昌耀长子王木萧出生。

1975 年　39 岁

昌耀长女王路漫出生。

1977 年　41 岁

昌耀次子王俏也出生。

杨尕三携三个子女回下若约村生活。

1978 年　42 岁

2 月 18 日　《人民日报》发表了"为王先梅同志及其子女落实政策"的消息，以及《王先梅同志写给中央领导同志的信（摘要）》（注：王先梅系王其梅遗孀、昌耀的大伯母）。

该年创作的主要作品有：

《海的诗情及其他》（1978 年 5 月）。

《致友人——写在一九七八年的秋叶上》（1978 年 8 月 4 日，西宁）。

《秋之声（其一）》（1978 年 8 月 12 日，青海切吉草原）。

《秋之声（其二）》（1978 年 8 月 6 日，西宁中南关旅邸）。

《秋木》（1978 年 11 月 5 日）。

1979 年　43 岁

1 月 6 日　青海省文联筹备领导小组向青海省委宣传部上报了《关于王昌耀问题的复查意见》。

该《意见》对昌耀的相关问题做出如下甄别："一、原省文联并未开除王昌耀公职。一九六二年湟源县撤销错误判决后，原省文联未及时收回该同志安排工作也是不当的。二、王昌耀所写《林中试笛》两首诗，不属于攻击党和社会主义的坏作品。三、原材料所列王昌耀的错误言论，多系本人在批判会上主动检讨出来的，本人既未扩散，也不是别人检举的。"最后做出如下意见："对王昌耀同志应恢复政治名誉，收回我会分配适当工作；同时恢复原来工资级别。"

2月24日　"青海省革委会劳动教育工作委员会"下发了《关于撤销王昌耀、剧谱劳动教养的批复》。

3月　昌耀带着妻子、儿女离开新哲农场返回西宁，昌耀重新回到青海省文联工作。

4月　昌耀赴北京探望大伯母王先梅。后赴湖南探访阔别多年的桃源故里，"感到自己仿佛是一个不该介入期间的外乡客了。"（昌耀《艰难之思》）

10月　《诗刊》社邀请昌耀前往北京改稿，并旁听中国文联第四届文代会。

该年创作的主要作品有：

《冰河期》（1979年1月7日）。

《高原风》（1979年7月5日初稿；1980年1月13日改订）。

《啼血的"春歌"——答战友》（1979年3月10日—4月1日，青海西宁）。

《无题》（1979年7月7日—9日）。

《大山的囚徒》（1979年8月9日—10月14日，西宁；1979年11月23日，北京，改定）。

《郊原上》（1979年9月21日初稿）。

《美人》（1979年9月23日）。

《我留连……》（1979年9月30日夜）。

《乡愁》（1979年10月5日—6日）。

《一九七九年岁杪途次北京吟作》（1979年11月22日，虎坊路）。

《京华诗稿》（含《在地铁》《廊下——在帝王居》《霓虹之章——在王府井大街》《在故宫》和《广场上的悼者》五首，1979年11月—12月，北京—西宁）。

《归客》（1979年10月26日）。

《冬日：登龙羊峡石壁鸟瞰黄河寄兴》（1979 年 12 月 29 日龙羊峡初稿；1980 年 11 月 9 日完稿于西宁；1981 年 11 月 8 日于古城台删修之）。

《落叶集》（写作日期不详）。

《黑河柳烟》（写作日期不详）。

《高原风采》（写作日期不详）。

1980 年　44 岁

《诗刊》1980 年第 1 期发表昌耀长达五百多行的纪传体长诗《大山的囚徒》。

燎原的评论文章《严峻人生的深沉讴歌》发表于《青海湖》1980 年第 8 期，这是第一篇正面评论昌耀诗歌的评论文章。

《青海湖》1980 年第 8 期上还发表了另一篇政治性诗歌评论，题为《一曲颂歌——评＜大山的囚徒＞》，署名王华（程秀山），该文对《大山的囚徒》的政治正确性提出质疑。

该年创作的主要作品有：

《楼梯》（1980 年 2 月 16 日）。

《题古陶》（1980 年 1 月 19 日）。

《车轮》（1980 年 1 月 25 日）。

《雕塑》（1980 年 1 月 28 日）。

《卖冰糖葫芦者》（1980 年 1 月 29 日）。

《慈航》（1980 年 2 月 9 日—1981 年 6 月 25 日）。

《春雪》（1980 年 2 月 17 日）。

《伞之忆》（1980 年 5 月 23 日）。

《山旅》（1980 年 5 月 11 日—8 月 15 日）。

《南曲》（1980 年 7 月 13 日）。

《寓言》（1980 年 10 月 17 日正午）。

《我的街》（1980 年 10 月 24 日夜）。

《怀春者的信柬》（1980 年 10 月 25 日夜半）。

1981 年　45 岁

昌耀在西宁市交通巷附近分得一套三居室楼房,清苦度日,精打细算。

3—4 月　昌耀与邵燕祥、梁南等诗人,先后在南京、杭州、长沙等地采风。

燎原的评论文章《大山的儿子——昌耀诗歌评介》发表于西宁市文联主办的《雪莲》1981 年第 4 期。

罗洛的评论文章《险拔峻峭,质而无华——谈昌耀的诗》发表于《诗刊》1981 年第 10 期。

该年创作的主要作品有:

《早春与节奏》(1981 年 1 月—6 月)。

《随笔(审美)》(1981 年 2 月 17 日夜半)。

《江南》(含《江南》《西子湖》《南风》和《栖霞山》四首,1981 年 3 月 20 日—24 日,杭州)。

《生之旅》(1981 年 3 月 25 日—8 月 24 日初稿)。

《长沙》(1981 年 4 月 5 日,长沙;1982 年 2 月 22 日改于西宁)。

《莽原》(1981 年 4 月 16 日改旧作)。

《湖畔》(1981 年 4 月 18 日改旧作)。

《烟囱》(1981 年 4 月 19 日重写)。

《节奏:123……——答问》(1981 年 6 月 8 日)。

《对诗的追求》(1981 年 8 月 29 日)。

《驻马于赤岭之敖包》(1981 年 9 月 13 日)。

《风景:湖》(1981 年 9 月 16 日深夜)。

《丹噶尔》(1981 年 9 月 21 日晨)。

《关于云雀》(1981 年 10 月 3 日)。

《划呀,划呀,父亲们!——献给新时期的船夫》(1981 年 10 月 6 日—29 日)。

《建筑》(1981 年 11 月 1 日—1982 年 5 月 13 日)。

《轨道》(1981 年 11 月 7 日—15 日)。

《城市》(1981 年 11 月 27 日—12 月 23 日初稿)。

《乱弹琴——也算"通信"》（写作日期不详）。

1982 年　46 岁

5 月　昌耀随青海省美术家协会的几位画家乘吉普车去兰州、张掖和祁连山区采风旅行，创作大量西部题材的作品。

9 月　随团走访了甘肃河西走廊的玉门油田以及敦煌一带。

该年创作的主要作品有：

《生命》（1982 年 2 月 4 日立春写毕，3 月 6 日删定）。

《木轮车队行进着》（1982 年 2 月 21 日）。

《鹿的角枝》（1982 年 3 月 2 日）。

《日出》（1982 年 3 月 29 日）。

《风景：涉水者》（1982 年 4 月 12 日）。

《太息（拟古人）》（1982 年 5 月 11 日—10 月 10 日）。

《子夜车》（1982 年 6 月 11 日）。

《月下》（1982 年 6 月 20 日）。

《所思：在西部高原》（1982 年 7 月）。

《在山谷：乡途》（1982 年 8 月 14 日）。

《纪历》（1982 年 8 月 17 日）。

《河西走廊古意》（1982 年 9 月 3 日晨，玉门市）。

《在玉门：一个意念》（1982 年 9 月 4 日，玉门市）。

《花海》（1982 年 9 月 7 日，玉门）。

《在敦煌名胜地听驼铃寻唐梦》（1982 年 9 月 10 日初稿，敦煌）。

《戈壁纪事》（1982 年 9 月 11 日，玉门市）。

《青峰》（1982 年 10 月 17 日）。

《雪。土伯特女人和她的男人及三个孩子之歌》（1982 年 11 月 2 日—18 日初稿）。

《城——悼水坝工地上的五个浇筑工》（1982 年 12 月 22 日初稿）。

《野桥》（1982 年 12 月 25 日初稿；1983 年 4 月 5 日改定）。

1983年　47岁

5—6月　昌耀被批准获得青海省文联新设立的专业作家编制，可以不用坐班，回家办公。

9月　昌耀出席新疆石河子"《绿风》诗会"，这是一次有近百位中国诗人参加的诗界盛会。

该年创作的主要作品有：

《母亲的鹰——悼六个清除废墟的工人》（1983年1月14日初稿）。

《听曾侯乙编钟奏＜楚殇＞》（1983年1月16日—2月16日）。

《春天即兴曲》（1983年2月25日草就；12月8日删增）。

《浇花女孩》（1983年3月5日）。

《驿途：落日在望》（1983年3月17日初稿）。

《赞美：在新的风景线》（1983年3月26日—4月8日）。

《腾格里沙漠的树》（1983年4月11日—16日）。

《草原》（1983年5月9日—11月19日）。

《垦区》（1983年5月13日删定）。

《印象：龙羊峡水电站工程》（1983年3月12日植树节写毕）。

《背水女》（1983年5月12日—11月25日）。

《天籁》（1983年5月28日—10月6日）。

《放牧的多罗姆女神》（1983年6月10日）。

《雪乡》（1983年6月28日—10月8日）。

《排练厅》（1983年6月）。

《晚会》（1983年9月2日—9日，新疆石河子）。

《边关：24部灯》（1983年8月—10月）。

《旷原之野——西疆描述》（1983年9月21日，新疆）。

《荒漠与晨光》（1983年11月29日改旧作）。

《高大坂》（1983年12月23日改旧作）。

《山雨》（1981年9月7夜草；1983年12月22日删定）。

1984 年　48 岁

6 月　随中国作协的诗人代表团，到山东日照的石臼港采访，并到达青岛。

该年创作的主要作品有：

《人物习作》（1984 年春）。

《黎明的高崖，有一驭夫朝向东方顶礼》（1984 年 3 月 12 日，西宁古城台小屋。"此文原系为其诗歌《情感历程》所作序言，该书后因故未出版"——昌耀注）。

《河床》（1984 年 3 月 22 日—4 月 20 日）。

《圣迹》（1984 年 3 月 22 日—4 月 20 日）。

《她站在剧院临街的前庭》（1984 年 3 月 22 日—4 月 20 日）。

《阳光下的路》（1984 年 3 月 22 日—4 月 20 日）。

《古本尖乔——鲁沙尔镇的民间节日》（1984 年 4 月 25 日—5 月 9 日）。

《寻找黄河正源卡日曲：铜色河》（1984 年 5 月 30 日—7 月 4 日）。

《去格尔木之路》（1984 年 5 月 11 日—25 日）。

《海的小品》（1984 年 6 月 24 日—8 月 21 日，石臼港—青岛—西宁）。

《致石臼港海岸的丛林带》（1984 年 8 月 23 日—25 日,黄海之旅归来后，在西宁）。

《巨灵》（1984 年 9 月 9 日）。

《时装的节奏》（1984 年 11 月 27 日—12 月 12 日）。

《思（古意）》（1984 年 12 月 4 日—7 日）。

《西行吊古》（1984 年 12 月 6 日）。

《大潮流》（1984 年 12 月 13 日—16 日）。

《即景：五路口》（1984 年 12 月 18 日—20 日）。

《<昌耀抒情诗集 > 初版后记》（1984 年 12 月 24 日）。

《邂逅——赠南海 G 君》（1984 年 12 月 28 日）。

1985 年　49 岁

1 月 19 日　接受《当代文艺思潮》编辑部访谈。

5 月　参加在西安举办的"大西北文学与科学笔会"。

刘湛秋的评论文章《他在荒原上默默闪光》发表于《文学评论》1985
年第 6 期。

10 月　昌耀加入中国作家协会。

该年创作的主要作品有：

《芳草天涯》(1985 年 1 月 4 日—8 日)。

《答 < 当代文艺思潮 > 编辑部》(1985 年 1 月 19 日)。

《四月》(1985 年 1 月 22 日—23 日初稿；2 月 3 日改定)。

《雄辩》(1985 年 3 月 6 日，元宵节)。

《牛王（西部诗记。乙丑正月）》(1985 年 3 月 13 日)。

《夷（东方人）》(1985 年 4 月 5 日)。

《人·花与黑陶砂罐》(1985 年 4 月 24 日)。

《< 巨灵 > 的创作》(1985 年 4 月 28 日零点十一分，青海高原)。

《色的爆破》(1985 年 5 月 9 日，西安)。

《秦陵兵马俑古原野》(1985 年 5 月 21 日)。

《某夜唐城》(1985 年 5 月 27 日)。

《忘形之美：霍去病墓西汉古石刻》(1985 年 5 月 29 日初稿)。

《斯人》(1985 年 5 月 31 日)。

《意绪》(1985 年 6 月 8 日)。

《招魂之鼓（唐小禾程犁 < 跳丧 > 壁画图卷读后》(1985 年 6 月 13 日
初稿)。

《和鸣之象》(1985 年 7 月 3 日—4 日)。

《午间热风》(1985 年 7 月 26 日)。

《高原夏天的对比色》(1985 年 7 月 30 日)。

《人群站立》(1985 年 8 月 1 日)。

《花公鸡》(1985 年 8 月 5 日)。

《钢琴与乐队》（1985 年 8 月 28 日）。

《悬棺与随想》（1985 年 10 月 11 日）。

《东方之门》（1985 年 10 月 15 日）。

《我的诗学观》（1985 年 11 月 5 日）。

《谐谑曲：雪景下的变形》（1985 年 11 月 11 日）。

《晚钟》（1985 年 11 月 18 日）。

《我们无可回归》（1985 年 11 月 20 日）。

《空城堡》（1985 年 12 月 11 日）。

《头像》（1985 年 12 月 17 日）。

《巴比伦空中花园遗事》（1985 年秋）。

1986 年　50 岁

3 月　《昌耀抒情诗集》出版。青海省文联文艺理论研究室联合甘肃《当代文艺思潮》杂志社，为《昌耀抒情诗集》召开了作品研讨会。

10 月　前往甘肃兰州参加由《诗刊》社和甘肃《当代文艺思潮》杂志社联合举办的当代诗歌研讨会。

沈健、伊甸的文章《嗥叫的水手——昌耀印象》发表于 1986 年 11 月 6 日的《诗歌报》。

该年创作的主要作品有：

《内心激情：光与影子的剪辑》（1986 年 1 月 26 日）。

《田园》（1986 年 2 月 4 日）。

《距离》（1986 年 2 月 19 日—22 日）。

《晴日》（1986 年 2 月 23 日—3 月 14 日）。

《一代》（1986 年 2 月 28 日）。

《云境·心境》（1986 年 3 月 2 日）。

《翙翙鸟翼》（1986 年 3 月 12 日）。

《一百头雄牛》（1986 年 3 月 27 日）。

《穿牛仔裤的男子》（1986 年 4 月 3 日）。

《人间》（1986 年 4 月 9 日—13 日）。

《幻》（1986 年 4 月 23 日）。

《黑色灯盏》（1986 年 5 月 2 日）。

《小人国里的大故事》（1986 年 5 月 12 日）。

《美目》（1986 年 5 月 13 日—6 月 9 日）。

《谑》（1986 年 6 月 6 日—8 日）。

《在雨季：从黄昏到黎明》（1986 年 6 月 15 日初稿）。

《两个雪山人》（1986 年 6 月 15 日）。

《司命》（1986 年 6 月 19 日—20 日）。

《太阳人的寻找》（1986 年 6 月 19 日—25 日）。

《稚嫩之为声息》（1986 年 7 月 5 日晨）。

《刹那》（1986 年 7 月 8 日）。

《嚎啕：后英雄行状——为 S 君述》（1986 年 7 月 18 日）。

《回忆》（1986 年 7 月 25 日）。

《幽界》（1986 年 7 月 26 日—9 月 2 日）。

《金色发动机》（1986 年 8 月 2 日）。

《白昼的结构》（1986 年 8 月 3 日）。

《灵宵》（1986 年 8 月 9 日）。

《躯体与沉默》（1986 年 8 月 12 日）。

《冷色调的有小酒店的风景》（1986 年 8 月 15 日）。

《舞台深境塑造》（1986 年 9 月 6 日）。

《长篇小说》（1986 年 9 月 10 日—12 日）。

《周末嚣闹的都市与波斯菊与女孩》（1986 年 9 月 17 日）。

《造就的时代》（1986 年 9 月 24 日）。

《猿啼》（1986 年 9 月 27 日）。

《广板：暮》（1986 年 9 月 29 日）。

《冷太阳》（1986 年 10 月 11 日，兰州旅邸）。

《达坂雪霁远眺》（1986 年 10 月 24 日，自祁连归）。

《眩惑》（1986 年 10 月 26 日—11 月 2 日）。

《锚地》（1986 年 10 月 28 日）。

《生命体验》（1986 年 11 月 17 日—12 月 16 日）。

《诗的礼赞（三则）》（1986 年 8 月—12 月）。

1987 年　51 岁

1 月　昌耀当选为青海省文联委员。

春节前　昌耀搬进位于西宁小桥地区北川河畔的楼房。

周涛的评论文章《前方灶头有我的黄铜茶炊》发表于《解放军文艺》1987 年第 4 期。

该年创作的主要作品有：

《洞》（1987 年 1 月 5 日）。

《淡淡的河》（1987 年 1 月 25 日晨）。

《艰难之思》（1987 年 3 月 27 日）。

《庄语》（1987 年 6 月 17 日）。

《立在河流》（1987 年 6 月 24 日）。

《日落》（1987 年 6 月 30 日）。

《诗章》（1987 年 6 月—7 月 12 日）。

《玛哈噶拉的面具》（1987 年 7 月 5 日）。

《<昌耀抒情诗集>再版后记》（1987 年 9 月 7 日，桥头堡书室）。

《听候召唤：赶路》（1987 年 10 月 16 日）。

1988 年　52 岁

1 月　昌耀出任青海省第六届政协委员。

3 月　昌耀与海外诗人非马通信。

5 月　昌耀加入青海省九三学社。

6 月　《昌耀抒情诗集·增订本》出版，该诗集追加了 1985 年到 1986 年以来发表的 26 首新作，并附刘湛秋序言《他在荒原上默默闪光》。

赴北京拜会骆一禾、雪汉青。

8月　昌耀参加《西藏文学》编辑部在拉萨举办的"太阳城诗会"。

12月　昌耀当选为青海省作协副主席。

骆一禾、张玞的评论文章《太阳说：来，朝前走——评＜一首长诗和三首短诗＞》发表于《西藏文学》1988年第5期，后收入《命运之书·附录》。

叶橹的评论文章《杜鹃啼血与精卫填海——论昌耀的诗》发表于《诗刊》1988年第7期，后收入《命运之书·附录》。

该年创作的主要作品有：

《以适度的沉默，以更大的耐心》（1988年1月26日）。

《酒杯——赠卢文丽女士》（1988年2月1日写毕；4月20删定）。

《热苞谷》（1988年7月27日）。

《纪伯伦的小鸟——为＜散文诗报＞创刊两周年而作》（1988年11月2日，西宁）。

《悲怆》（1988年11月15日）。

《盘陀：未闻的故事》（1988年11月27日）。

《燔祭》（1988年11月30日）。

《内陆高迥》（1988年12月12日）。

《受孕的鸟卵》（1988年12月19日）。

《恓惶》（1988年12月21日）。

1989年　53岁

2月　昌耀当选为青海省九三学社文化委员会副主任。

3月　昌耀与香港诗人蓝海文通信。成为"世界华文诗人协会"创会理事。

5月　昌耀诗集《噩的结构》被纳入某出版社策划的"诗人丛书"，后无果而终。

下半年昌耀与杨尕三分居。

该年创作的主要作品有：

《元宵》（1989年2月21日）。

《听到响板》（1989 年 3 月 2 日）。

《骷髅头串珠项链》（1989 年 3 月 15 日）。

《眉毛湿了的时候》（1989 年 3 月 16 日）。

《干戚舞》（1989 年 4 月 15 日）。

《窗外有雨》（1989 年 5 月 10 日）。

《小城淡季》（1989 年 5 月 12 日）。

《消夏》（1989 年 5 月 25 日）。

《一只鸽子》（1989 年 6 月 17 日）。

《记诗人骆一禾》（1989 年 7 月 12 日匆草；1991 年 1 月 14 日删定）。

《浮云何曾苍老》（1989 年夏）。

《哈拉库图》（1989 年 10 月 9 日—24 日于日月山牧地来归）。

《幸福——为香港诗人蓝海文博士选编 < 留在世上的一句话 > 撰稿》（1989 年 11 月 15 日。注：昌耀将该诗收入《命运之书》时重写，并易名为《仁者——为蓝海文博士 < 留在世上的一句话 > 撰稿》）。

《唯谁孤寂》（1989 年 12 月 21 日）。

《两幅油画：< 风 > 与 < 吉祥蒙古 >》（1989 年 12 月 29 日）。

《远离都市》（1989 年 12 月 30 日）。

1990 年　54 岁

4 月底　昌耀应浙江省《江南》杂志邀请，任该刊举办的诗歌大赛评委。

6 月　应杭州市文联《西湖》杂志邀请，任"西湖诗船大奖赛"评委。

6 月 16 日　抵达北京，拜会友人朱乃正、张玞。

该年创作的主要作品有：

《卜者》（1990 年 1 月 7 日）。

《故居》（1990 年 1 月 9 日）。

《紫金冠》（1990 年 1 月 12 日）。

《象界（之一）》（1990 年 1 月 14 日）。

《鸷》（1990 年 1 月 16 日）。

《苹果树》（1990年1月20日）。

《极地居民》（1990年1月22日）。

《在古原骑车旅行》（1990年1月24日）。

《陈述》（1990年2月3日）。

《一片芳草》（1990年2月7日）。

《僧人》（1990年2月11日—20日）。

《江湖远人》（1990年4月2日凌晨雨韵中）。

《雪》（1990年4月11日晨记）。

《空间》（1990年4月24日）。

《严肃文学的境况怎样，回答说：还行！——在＜青海日报＞社一次讨论会上的发言》（1990年5月4日）。

《齿贝》（1990年7月19日）。

《头戴便帽从城市到城市的造访》（1990年7月22日）。

《给约伯》（1990年8月21日）。

《先贤》（1990年8月24日）。

《黎明中的书案》（1990年8月27日）。

《她》（1990年9月10日）。

《西部诗的热门话》（1990年9月17日讫于灯下，9月25日誊正）。

《谣辞（那刻月光凄清迷离）》（1990年9月25日）。

《作家劳伦斯》（1990年9月）。

《西乡》（1990年10月19日）。

1991年　55岁

李万庆的评论文章《"内陆高迥"——论昌耀诗歌的悲剧精神》发表于《当代作家评论》1991年第1期，后收入《命运之书·附录》。

叶橹的评论文章《＜慈航＞解读》发表于《名作欣赏》1991年第3期，后收入《命运之书·附录》。

5月　赴桂林参加"全国诗歌创作座谈会"。

该年创作的主要作品有：

《处子》（1991 年 1 月 2 日—3 日）。

《跋＜淘的流年＞》（1991 年 1 月 11 日。注：《淘的流年》后因故未出版）。

《图像仪式》（1991 年 1 月 25 日）。

《暖冬》（1991 年 2 月 4 日立春日）。

《北冥有鱼，其名为鲲——彦涵木刻作品观后》（1991 年 3 月 1 日）。

《圣咏》（1991 年 3 月 3 日）。

《冰湖坼裂·圣山·圣火——给 S·Y》（1991 年 3 月 14 日初稿；1991 年 3 月 24 日改定）。

《涉江——别 S》（1991 年 6 月 10 日）。

《非我》（1991 年 6 月 12 日）。

《91 年残稿》（1991 年 6 月 28 日）。

《呼喊的河流》（1991 年 7 月 11 日）。

《盘庚》（1991 年 7 月 20 日）。

《露天水果市场》（1991 年 7 月 22 日）。

《偶像的黄昏》（1991 年 8 月 3 日）。

《苍白》（1991 年 8 月 23 日）。

《秋客》（1991 年 8 月 27 日）。

《这夜，额头锯痛》（1991 年 9 月 7 日—11 日）。

《一幢公寓楼》（1991 年 9 月 13 日）。

《工厂：梦眼与现实》（1991 年 9 月 20 日）。

《自我访谈录》（1991 年 9 月 20 日—25 日）。

《俯首苍茫》（1991 年 10 月 6 日）。

《拿撒勒人》（1991 年 11 月 26 日）。

《红尘寄序》（1991 年 12 月 19 日，青海巴州驿）。

1992 年　56 岁

9 月 7 日　邵燕祥为昌耀诗集《命运之书》撰写序言《有个诗人叫昌耀》。

11月　昌耀与杨尕三离婚，独自搬到青海省作协办公室居住，后迁至青海省文联摄影家协会，直至去世。

该年创作的主要作品有：

《痛·怵惕》（1992年2月27日）。

《怵惕·痛》（1992年3月2日）。

《圣桑＜天鹅＞》（1992年3月9日）。

《莞尔——呈献东阳生氏》（1992年4月8日）。

《现在是夏天——兼答"渎灵者"》（1992年6月6日）。

《＜命运之书＞自序》（1992年6月11日）。

《一滴英雄泪》《面谱》（1992年6月30日）。

《烈性冲刺》（1992年7月12日）。

《致修篁》（1992年7月27日初稿；9月21日改定）。

《傍晚。篁与我》（1992年9月2日）。

《烘烤》（1992年9月25日晨5时）。

《花朵受难——生者对生存的思考》（1992年10月10日）。

《螺髻》（1992年12月6日）。

《场（精神的。辐射能的。历史感的……）》（1992年12月16日晨）。

《晚云的血》（1992年12月20日）。

《报诗人叶延滨书》（写作日期不详）。

1993年　57岁

7月　《命运之书》出版受阻。昌耀撰写了一则题为《诗人只有自己起来救自己》的征订广告，决定以"编号本"的形式，自费出版该诗集。该文发表于《诗刊》1993年第10期。

该年创作的主要作品有：

《降雪·孕雪》（1993年1月1日晨光之中）。

《有感而发》（1993年1月22日除夕）。

《一天》（1993年1月23日—24日；2月8日修订）。

《我见一空心人在风暴中扭打》（1993 年 5 月 22 日）。

《自审》（1993 年 7 月 1 日）。

《诗人们只有自己起来救自己》（1993 年 7 月 13 日）。

《踏春去来》（1993 年 7 月 27 日）。

《在一条大河的支流入口处》（1993 年夏）。

《意义空白》（1993 年 8 月 4 日）。

《堂·吉诃德军团还在前进》（1993 年 8 月 5 日）。

《大街看守》（1993 年 8 月 18 日）。

《毛泽东》（1993 年 8 月 19 日）。

《薄曙：沉重之后的轻松》（1993 年 8 月 28 日）。

《诗人与作家》（1993 年 9 月 28 日）。

《一种嗥叫》（1993 年 9 月 28 日）。

《勿与诗人接触》《复仇》（1993 年 10 月 20 日）。

《生命的渴意》（1993 年 10 月 26 日）。

《宿命授予诗人荆冠（答星星诗刊社艾星并兼致叶存政、杨兴文）》（1993
年 12 月 13 日凌晨 5 点）。

1994 年　58 岁

8 月　昌耀诗集《命运之书》由青海人民出版社出版。

该年创作的主要作品有：

《寺》（1994 年 1 月 25 日）。

《播种者》（1994 年 2 月 18 日）。

《罹忧的日子》（1994 年 2 月 22 日）。

《人：千篇一律》（1994 年 3 月 23 日）。

《享受鹰翔时的快感》（1994 年 3 月 29 日）。

《近在天堂的入口处》（1994 年 5 月 15 日）。

《小满夜夕》（1994 年 5 月 22 日）。

《凭吊：旷地中央一座弃屋》（1994 年 5 月 24 日）。

《灵语》（1994 年 6 月 3 日）。

《答诗人 M 五月惠书》（1994 年 6 月 10 日）。

《火柴的多米诺骨牌游戏》（1994 年 6 月 16 日）。

《街头流浪汉在落日余晖中挽车马队》（1994 年 7 月 10 日）。

《地底如歌如哦三圣者》（1994 年 7 月 30 日）。

《菊》（1994 年 8 月 15 日）。

《深巷·轩车宝马·伤逝》（1994 年 9 月 25 日—10 月 6 日）。

《混血之历史》（1994 年 9 月 26 日）。

《纯粹美之模拟》（1994 年 10 月 2 日）。

《迷津的意味》（1994 年 10 月 13 日）。

《与蟒蛇对吻的小男孩》（1994 年 10 月 14 日）。

《答深圳友人 HAOKING》（1994 年 10 月 23 日）。

《戏剧场效应》（1994 年 11 月 8 日）。

《读书，以安身立命》（1994 年 11 月 28 日）。

1995 年 59 岁

该年创作的主要作品有：

《意义的求索》（1995 年 2 月 1 日雪朝于西宁）。

《任重道远——为 < 绿风 > 诗刊百期纪念而作》（3 月 13 日夜夕）。

《贺凤龙摄影创作的意义》（1995 年 4 月 4 日）。

《春光明媚》（1995 年 6 月 26 日）。

《百年焦虑》（1995 年 7 月 6 日）。

《划过欲海的夜鸟》（1995 年 7 月 30 日）。

《淘空》（1995 年 8 月 1 日）。

《钟声啊，前进！》（1995 年 8 月 13 日）。

《戏水顽童》（1995 年 8 月 28 日）。

《感受白色羊时的一刻》（1995 年 9 月 23 日）。

《荒江之听》（1995 年 9 月 27 日）。

《圮上》《一个青年朝觐鹰巢》（1995年10月7日）。

《折叠金箔》（1995年11月8日）。

《梦非梦》（1995年11月12日）。

《悒郁的生命排练》（1995年12月4日）。

《一份"业务自传"》（1995年12月29日）。

1996年　60岁

昌耀诗集《一个挑战的旅行者步行在上帝的沙盘》由敦煌文艺出版社出版。

该年创作的主要作品有：

《冷风中的街晨空荡荡》（1996年1月14日）。

《昌耀近作·前记》（1996年2月14日）。

《沉重的命题——致XX先生》（1996年2月22日）。

《灵魂无蔽》（1996年3月14日）。

《裸袒的桥》（1996年3月19日）。

《从启开的窗口骋目雪原》（1996年3月23日）。

《幽默大师死去（一次蓦然袭来的心潮)》（1996年3月25日）。

《西域：断简残篇之美》（1996年3月31日）。

《过客》（1996年4月13日）。

《与梅卓小姐一同释读<幸运神远离>》（1996年4月21日）。

《话语状态（两种状态：怡然或苦闷)》（1996年4月23日）。

《时间客店》（1996年5月18日）。

《醒来》（1996年5月26日）。

《载运罐装液体化工原料的卡车司机》（1996年5月27日凌晨）。

《玉蜀黍：每日的迎神式》（1996年8月9日）。

《S山庄胜境登临记》（1996年8月9日）。

《夜者》（1996年8月14日）。

《我们仍是泥土的动物(诗辑《青海风》主持人语)》（1996年8月18日）。

《紫红丝绒帷幕背景里的头像》（1996 年 8 月 21 日）。

《你啊，极为深邃的允诺》（1996 年 8 月 22 日）。

《夜眼无眠》（1996 年 9 月 4 日）。

《顾八荒》（写于 1988 年；1996 年 9 月改）。

《一座滨海城市。棕榈树。一位小姐——给 H》（1996 年 9 月 29 日）。

《风雨交加的晴天及瞬刻诗意》（1996 年 10 月 12 日）。

《诗人写诗》（1996 年 10 月 18 日）。

《给 H 君的碎纸片》（1996 年 10 月 20 日）。

《晴光白银一样耀目》（1996 年 11 月 23 日）。

《噩的结构》（1996 年 11 月 27 日）。

《今夜，思维的触角》（1996 年 11 月 28 日）。

《再致 H》（1996 年 11 月）。

《我的死亡——＜伤情＞之一》（1996 年 12 月 29 日）。

《土伯特艺术家的歌舞》（1996 年 12 月 30 日）。

1997 年　61 岁

10 月　昌耀随中国作家代表团出访俄罗斯。

该年创作的主要作品有：

《无以名之的忧怀——＜伤情＞之二》（1997 年 1 月 4 日凌晨 4 点）。

《寄情崇偶的天鹅之唱——＜伤情＞之三》（1997 年 1 月 23 日—25 日）。

《两只龟》（1997 年 1 月 29 日）。

《我的怀旧是伤口》（1997 年 2 月 1 日）。

《人境四种》（1997 年 3 月 14 日）。

《苏动的大地诗意》（1997 年 4 月 19 日）。

《兽与徒——有关生命情节》（1997 年 5 月 5 日）。

《告喻》（1997 年 6 月 19 日）。

《与马丁书》（1997 年 7 月 10 日）。

《挽一个树懒似的小人物并自挽》（1997 年 7 月 22 日）。

《序肖黛＜寂寞海＞》（1997 年 8 月 14 日）。

《从酷热之昨日进入到这个凉晨》（1997 年 8 月 30 日）。

《秋之季，因亡蝶而萌生慨叹》（1997 年 11 月 23 日）。

《相见蝴蝶》（1997 年 12 月 9 日）。

《语言》（1997 年 12 月 20 日）。

《权且作为悼词的遗闻录》（1997 年 12 月 24 日）。

《一个早晨——遥致一位为我屡抱不平的朋友》（1997 年 12 月 26 日）。

1998 年　62 岁

6 月 16 日　韩作荣为昌耀诗集《昌耀的诗》撰写序言《诗人中的诗人》。

12 月　昌耀诗集《昌耀的诗》由人民文学出版社出版。

昌耀被评为国家一级作家。

该年创作的主要作品有：

《海牛捕杀者》（1998 年 1 月 4 日）。

《主角引去的舞台——复许以祺先生，为其摄影创作＜天葬台＞题句》（1998 年 1 月 6 日）。

《相信生活》（1998 年 1 月 15 日）。

《面对"未可抵达的暖房"》（1998 年 1 月 21 日）。

《音乐路》（1998 年 1 月 22 日）。

《关于＜中国今日诗坛在行进中＞》（1998 年 1 月 31 日）。

《致史前期一对娇小的彩陶罐》（1998 年 3 月 26 日）。

《一个中国诗人在俄罗斯（灵魂与肉体的浸礼：与俄罗斯暨俄罗斯诗人们的对话）》（1998 年 2 月 17 日—20 日）。

《＜昌耀的诗＞后记》（1998 年 6 月 16 日）。

《"练字"与"懒得写诗"——兼说"音乐无内容可言"》（1998 年 9 月）。

《嚣声过去——"灵觉"之一》（1998 年 10 月 7 日）。

《滴漏之夜：似梦非梦时》（1998 年 10 月 16 日）。

《我这样扪摸辨识你慧思独运的诗章——代信函，致 M》（1998 年 10

月 20 日，西宁）。

《请将诗艺看作一种素质》（1998 年 11 月 9 日）。

《苏州歌舞团三人舞＜春之韵＞》（1998 年 11 月 22 日）。

《陌生的地方》（1998 年 12 月 13 日）。

《我早年记得的陕西乡党都远走他乡了》（1998 年底）。

1999 年　63 岁

10 月 12 日　昌耀入青海省人民医院，确诊为腺性肺癌。

10 月 28 日　昌耀转往青海省第二人民医院肿瘤医院。

12 月 22 日　昌耀因难以承担医疗费用，被迫办理家庭病床，居家治疗。

唐晓渡的评论文章《行者昌耀》发表于《作家》1999 年第 1 期。

陈祖君的评论文章《昌耀论》发表于《青海湖》1999 年第 10 期。

该年创作的主要作品有：

《20 世纪行将结束——影物质。经验空间。潜思维。正在失去的喻义（一首未完成诗稿的断简残篇）》（1988 年写作，1999 年 1 月 9 日整理毕）。

《直面假人的寒战》（1999 年 2 月 25 日）。

《瓦尔特再次保卫萨拉热窝——一个中国人对北约八国联军侵略南联盟所持的民间立场》（1999 年 3 月 30 日）。

《沙漏之下留驻的乐章美甚》（1999 年 6 月 29 日初稿；7 月 9 日订正）。

《士兵。青铜雕像。鸟儿》（1999 年 7 月 26 日）。

《故人冰冰》（1999 年 8 月 4 日）。

《我是风雨雷电合乎逻辑的选择——昌耀自叙（未完成稿）》（1999 年）。

2000 年　64 岁

1 月 16 日晚　昌耀病情恶化，送往青海省人民医院呼吸科。

1 月 20 日　因为病房里吵闹不宁，昌耀要求在走廊为自己增设一张病床。此事被媒体宣传，引起社会关注。

1 月 23 日　经有关领导过问，昌耀得以搬入高干病房。

2月8日　韩作荣为昌耀在病床上颁发"中国诗人奖"。

3月23日晨　昌耀在医院跳楼自杀。

4月1日　韩作荣访谈录《诗魂永在》发表于2000年4月1日《文艺报》。

4月30日　宋执群的文章《祁连山,你可记得他幼年的飘发》发表于《青海日报》"江河源"副刊。该文后被同年第6期《青海湖》转载。

5月21日　燎原的评论文章《昌耀:高地上的奴隶与圣者》发表于《作家》2000年第9期,后作为《昌耀诗文总集》的序言。

6月　卢文丽的回忆文章《花在叫》发表于《人民文学》2000年第6期。

7月　班果策划、马非责编,经昌耀审定的《昌耀诗文总集》由青海人民出版社出版。

该年创作的主要作品有:

《答记者张晓颖问》(2000年2月。注:本文由记者根据录音整理,并经被访者本人订正)。

《一十一支红玫瑰》(2000年3月15日于病榻)。

昌耀诗文总集

青海人民出版社